統《す》ばる島

池上永一

角川文庫
19177

八重山諸島

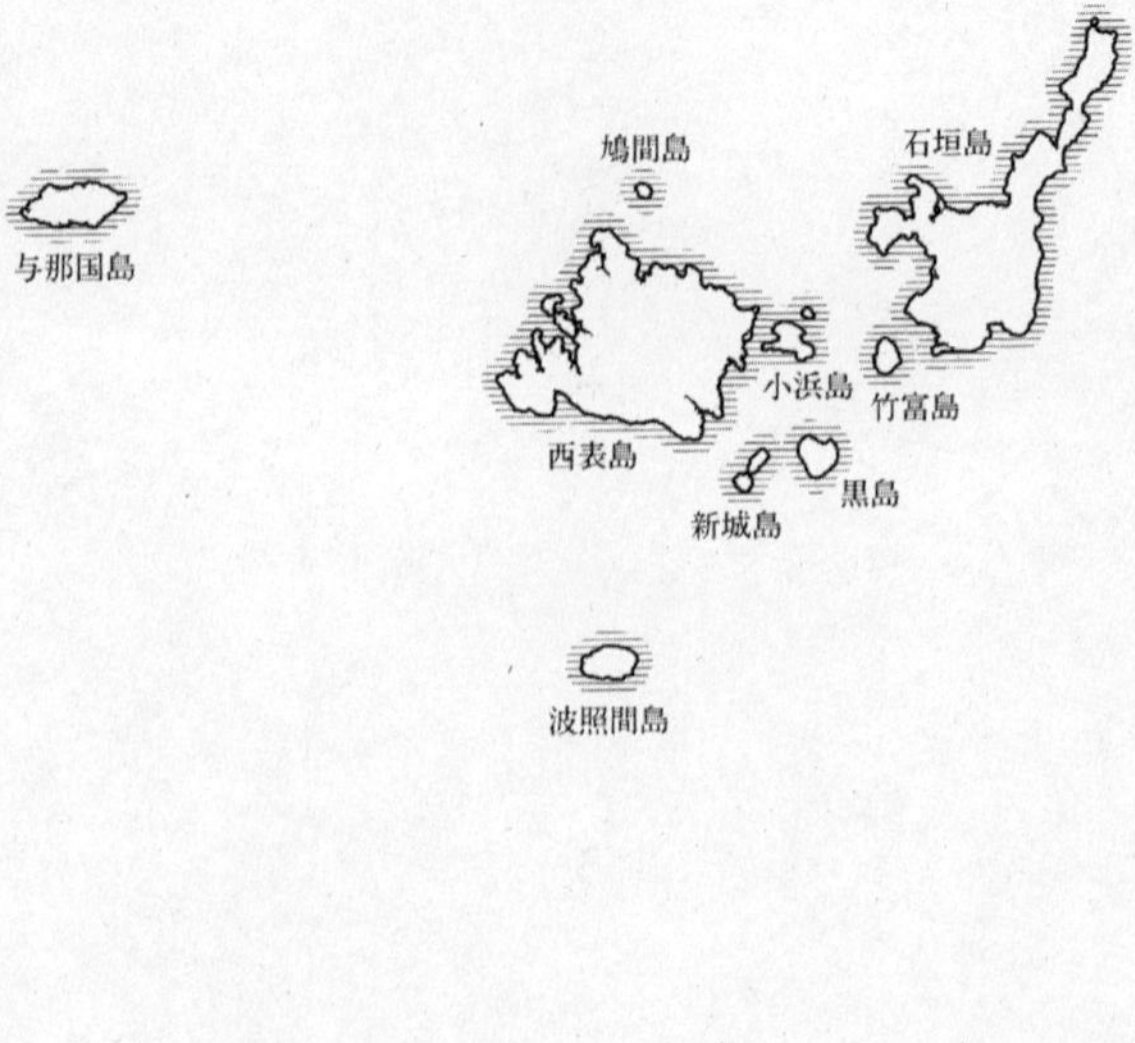
鳩間島
石垣島
与那国島
小浜島
竹富島
西表島
黒島
新城島
波照間島

竹富島
タキドウン

第一日　トゥルッキ

東シナ海に浮かぶ八重山《やえやま》諸島の大部分は翠《みどり》の珊瑚礁《さんごしょう》の森に眠っている。その海の森から頭をもたげたいくつかの頂が八つの島となり、島と島は離れながらも互いに焦がれている。

旧暦八月下旬の竹富島《たけとみ》は、華やかな舞台へと島全体が変化する。島人たちは仄《ほの》かに上気し、気持ちを引き締め、来るべき祭の予感に胸を高鳴らせていた。ここは祭の島。女は踊り、男は狂言《キョンギン》を舞う、役者の島である。

種子取祭《タニドゥル》の初日はツカサと呼ばれる神女たちの密《ひそ》やかな会合で始まる。穏やかな足取りのツカサの胸には一週間後に開花する芸能の種が携えられていた。夏は盛りを過ぎても未だ暮れず、耳鳴りのする暑さは体を削るほどだった。島は観光化されても、この時期になると六百年前と同じ光景が広がる。六人のツカサが島の中心部の世持御《ユムチウ》獄《タキ》に集まるのも、神話の時代からの光景だ。

「皆の者、今年も種子取祭を執り行うことになった」

「準備は整っておろうな」

「神をお招きするからには不行き届きがあってはならぬ」

とツカサたちは緊張の面持ちを隠せない。去年も一昨年《おととし》も十年前もやはり同じ面子《めんつ》だったが、決して慣れることはない。種子取祭を滞りなく迎えることは神女としてもっとも大切な職務だからだ。

そのなかでひとり、若い女が御嶽の片隅で六賢老女たちの話を一言も漏らすまいと聞き耳を立てている。

「そなたは何者じゃ?」

「はい。私は今年、神から牛の御嶽を任されることになりました小底晴美《こそこはるみ》と申します」

竹富島は六大御嶽が有名だが、小さな御嶽まで含めると約三十ある。諸事情により、ひとりのツカサが複数の御嶽を治めるのが通例だが、ツカサたちの高齢もあり、必ずしも完璧《かんぺき》な管理がなされているわけではない。牛の御嶽は島でも知る人の少ない御嶽で、歴史も大正時代からと浅い。放牧をきっかけに生まれた牛の御嶽だが、現在竹富島で放牧は見られないことから、役割を終えた御嶽とみなされている。その牛の御嶽にどういう訳か神が再臨し、神託によりツカサを任命した。

「牛の御嶽？　それはどこにあるのじゃ？」

「はい。島の中央、火番盛《ヒバンムイ》にございます」

「またどうして牛の御嶽に神が降りられたのだ？」

小底晴美にもそれがわかったら、今こうやって戸惑っていなかっただろう。神託を授かる理由など人間にはわからない。ここにいる賢老女たちも娘時代に神託に戸惑いながらもツカサの道を歩むことになったからだ。

「わかりませんが、神がどうしても種子取祭に私を遣わせたいと仰せられます――」

総まとめ役の世持御嶽のツカサは咳払《せきばら》いした。

「神の仰せなら、そこにおるがよい」

トゥルッキと呼ばれる一日目は、奉納舞踊の準備の日だ。その後、六日間の練習期間を経て、七日目、八日目に行われる奉納舞踊は島人総出による一大イベントで、その演《だ》し物の総数は七十以上。島人は舞台に縛りつけられてしまう。この奉納舞踊をどう執り行うのか、数百ある演目の中から今年は何を演《だ》すのか、ツカサたちは頭を悩ませていた。演目が決まったら役者を配置し、仕事そっちのけで徹底的な練習を行う。

演目が次々と決まっていく。

「長者」「弥勒《ミルク》」「安里屋節《あさどやぶし》」「世曳《ゆーび》き」「赤馬節《あかんまぶし》」「松竹梅」「する掬《つく》い」「かぎやで風」「夏花《なついばな》」「湊《んなとう》くり」「武の舞」「サングルロ」「たのりゃー」「鶴亀節《つるかめぶし》」「ペーク漫遊記」「鬼捕り」「蔵《うら》ぬ花《ばな》節」……。

どれもが珠玉の演目で、それぞれ名人と呼ばれる演者が揃っている。また彼らも当然のように自分の出番を想定し、去年から猛練習を積んで自己研鑽《けんさん》を怠らないものだった。ツカサたちも去年の彼らの活躍を思い浮かべ目を細めた。

「上り口説《ぬぶいくどぅち》は和也がいる。揚作田節《あぎちくてんぶし》は美智代が上手い。父子忠臣《ふしちゅうしん》は和義と盛一がいたな」

次々と役者まで配置され、準備は万端かのように思われた。すると牛の御獄の晴美が口を挿《はさ》んだ。

「畏《おそ》れながら、神は『元《ムトウ》タラクジ』を観たいと仰せられております」

その言葉にツカサたちが異を唱えた。

「元タラクジ！　あれは難しすぎて踊れる者は誰もおらぬようになった伝説の舞じゃぞ！」

「確か、三十年前に現代に合わないからという理由で封印されたはずだ」

「畏れながら、神が今も私の耳元で『元タラクジ』を観たいとしきりに仰せられております」

晴美の青ざめた表情は誰かに脅されているとしか思えないものだった。元タラクジは素晴らしい舞踊だが、曲想が難しく踊りこなせるのは名人でも相当な修練が必要とされている。

「本当に神が仰せられておるのか？」

「はい。本当でございます」

晴美は涙を零《こぼ》して六賢老女たちに土下座した。物々しい風が御嶽に吹きつけ、ぞっとするような寒気を催した。

世持御嶽のツカサは深いため息をつき、演目に元タラクジを入れることを受け入れた。

「わかった。元タラクジは島仲潔子《しまなかきよこ》に踊らせよう」

「慧眼《けいがん》です。舞踊師範の島仲潔子しか踊れないでしょう」

「畏れながら――。元タラクジは新垣優奈《あらかきゆな》に演《や》らせてほしいと神が仰せられております」

「新垣優奈？　あの中学生の優奈にか？」

「はい。彼女こそ元タラクジの復活に相応《ふさわ》しいとの仰せでございます」

「あと一週間で元タラクジを優奈に覚えさせるのは不可能じゃ」

と世持御嶽のツカサが音を上げた瞬間、御嶽のイビ石が甲高い音を立てて割れたではないか。このイビ石は神が降りる目印とされる神聖な石だった。ぱっくりと割れたイビ石の前にツカサたちが震え上がる。

「神様わかりました。優奈にやらせます。どうかお怒りをお鎮めくださいませ――」

こんな気の重いトゥルッキは初めてだ。ツカサたちの声もだんだんと沈んでいく。

「他の演《だ》し物は無難にまとめましょうぞ。我らは優奈を徹底的にしごいて元タラクジに集中しましょう」

「うむ。下手な舞で神の不興を買ったら祭どころではなくなるからな」

するとまた晴美がおずおずと口を挿んだ。

「畏れながら――。神は『伏山敵討《ふしやまかたきうち》』を観たいと仰せられております」

「伏山敵討じゃと！　あれは殺陣《たて》が難しい。そなたも覚えておろう。十年前の惨劇を！」

伏山敵討はかつて種子取祭の華と呼ばれた組踊《くみおどり》だ。丁々発止の殺陣《たて》と歌舞伎さながらの見得を織り交ぜ役者は島の英雄が演じるとされていた。次から次へと殺陣が目まぐるしく変わり、美少年、美青年、無頼漢とタイプの違う男の魅力が炸裂《さくれつ》する。舞台は絶頂となり、観衆の熱狂が沸点に達するほどの人気だった。しかし殺陣があまりにも難しいため、事故が起こりやすい。段取りは大まかに決まっているが、役者のアドリブ性が強く、たいてい羽目を外す。そこがまた魅力なのだ。しかし十年前、特設ステージの梁《はり》に飛びついて剣をかわした役者が舞台から落ち、重傷を負ってしまった。それ以来、自粛してきた演目である。

「伏山敵討を演れる者となると、運動神経のいい信宏と聡だろうか……」

「聡は札幌のホテルに就職したのでは？」

「呼び戻せ！」

「やっと見つけた就職先なのに、クビになってしまいます」

「畏れながら――」

と晴美が呟《つぶや》くと、ツカサたちが反射的に耳を塞《ふさ》いだ。

「伏山敵討は真栄田《まえだ》航平《こうへい》に演らせろと神が仰せられております」

「真栄田航平？　優奈の同級生の航平にか？」

「はい。伏山敵討の復活は航平こそ相応しいと神が仰せられております」

「無理じゃ。航平はそれほど運動神経がいいとは思えない」

そう言った瞬間、黒雲が世持御嶽《ウタキ》の上空を覆い、激しい雷鳴を轟《とどろ》かせたではないか。

容赦ない雨が御嶽を叩《たた》き、目映《まばゆ》い閃光《せんこう》が放たれたかと思った瞬間、耳をつんざく落雷が社に直撃した。

「神様わかり申した。航平に演らせますので、どうかお怒りをお鎮めくださいませ――」

こうして不穏な予感を漂わせ、種子取祭のトゥルッキは終わった。

第二日　抜擢《ばってき》

翌日、島の小中学校に通う新垣優奈と真栄田航平のもとに校長から招集がかかった。

校長室に呼び出されたふたりは叱られるのかとおどおどしていた。

「新垣優奈さんと真栄田航平くんですね。ふたりとも種子取祭のことは知っていますね。君たちも小学生の頃から毎年参加しているでしょう」

「はい。昨日もユークイの練習を体育館でしていました」

「ユークイの練習はもうしなくていい。優奈は今すぐ島仲潔子先生の元に行き、踊りの練習を始めなさい。航平は体育の入嵩西《いりたけにし》先生と一緒に殺陣を習いなさい」

「でも、授業が……」

校長は何の迷いもなく言い切った。

「学校は一週間休んでよろしい。種子取祭参加のため出席扱いとします」

島は種子取祭を何よりも上位に据える。神に仕えることが至上であり、美徳とされ、日常を優先することは信仰心のなさを露呈することと同義である。島に住む以上、神事を優先するのは学問以前の道徳だった。実際、子どもたちは学校の授業のなかで種子取祭の芸能を学んでいる。

優奈と航平は、種子取祭の奉納舞踊に抜擢されたのだ。

「ぼくは何をやらされるんだろう？」

「私、なんか嫌な予感がする……」

早退させられたふたりは強力な磁場に足を取られた気分だった。この島では個人の意思よりも共同体の意思が強い。だからぶつかるだけ邪魔な個人の意思はすぐに取り下げるように教育されている。

「優奈は踊りが得意だったっけ？」

「全然……。赤馬節でもいつも端っこ。航平は組踊なんて演《や》ったことあった？」

「ないない。ぼくはそういう才能ないからユークイ要員なんだって思ってた」

「私たち、どうなるのかしら？」

　そう呟いて、目の前に広がる景色を見た。鮮やかなコバルトブルーの空に覆われた島は緑の砂浜まで見えるほど小さく、まるで宇宙から地球の営みを眺めているような静謐《せいひつ》な気分になる。島の人間なら全員、生まれながらに備わっている神の視点だった。島は抱きかかえられるほど小さく、絶妙な自然のバランスの上に成り立っている。そしてそこに息吹《いぶ》く生命は互いに依存しながら支え合っている。何か不安になるたびに、この景色を見れば肯定される思いがする。

「たぶん大丈夫だろう」

　お互いに頷《うなず》き、学校を後にした。

　優奈は舞踊家の島仲潔子の自宅を訪ねた。スタジオを兼ねた家は門下生の婦人たちでいっぱいだった。種子取祭の奉納舞踊の稽古《けいこ》は佳境を迎えていた。

「足が揃っていない。目線がずれている。腰をもっと落として！」

　と潔子がきびきびと命令口調で指導する。神の前で踊る以上、最上のものでなければならない。観る側も目が肥えているからちょっと失敗するだけでも興ざめの烙印《らくいん》を押されてしまう。古典舞踊の世界は素人だから許されるというものではなかった。

「新垣優奈です。校長先生からここに行くように申しつけられました」

舞踊家の潔子は優奈を見てその幼さに驚いた。元タラクジの稽古をつけてほしいと世持御嶽のツカサに頼まれたのが、まさかこの少女だったとは。舞台映えしそうな華やかな顔つきで上背もある。髪が地毛で結えそうなほど長いのも良い。だが表情が潑《はっ》剌《らつ》としているのが難だ。踊る者は目に深い憂いを求められるからだ。

「あなた、幾つなの?」

「十四歳です」

「踊りの経験は?」

「鷲《わし》ぬ鳥節と赤馬節くらいです」

それはオクラホマミキサーしか踊れないと述べたも同然の経歴だった。このド素人に一週間で元タラクジを踊らせるなんて世持御嶽のツカサの横暴だと怒りすら覚える。

「私は何をすればいいんですか?」

と言った優奈の言葉に潔子は目眩《めまい》を覚えた。年齢からいって元タラクジを観たこともないはずだ。こうなると舞踊解説から始めなければならない。潔子は神に課せられた使命と現実との狭間《はざま》で揺れた。

「あなたに教えるのは元タラクジという舞です。私でも踊れるかどうかわからない難しい舞です」

元タラクジとは「太郎叔父《タラグジ》」と翻訳される。この舞の主人公はカマドという女性である。カマドが実の叔父である太郎と不義密通することから、元タラクジと名付けられた。

歌詞はこうだ。ある日、カマドが井戸に行き水を汲《く》もうとしたとき、首飾りの九年《クニン》母玉《ブダマ》を入口に置いた。その首飾りを拾った叔父の太郎が「俺の恋人からもらった」と島中に言いふらした。ところがその首飾りがカマドのものだということがわかり、近《きん》親相姦《しんそうかん》の疑いがかかる。その噂は首里《しゅり》の国王のもとにまで伝わり、ついに裁かれてしまうという内容である。

潔子は言った。

「あなたは不義の恋がどんなものか知っていますか?」

中学生の優奈に恋を舞わせるのも難儀なのに、不義の恋を理解させるのは困難だ。

優奈はちょっと考えてこう言った。

「片想いならあります」

優奈は年相応の感情はもっている。女子の中で人気のある体育の入嵩西先生だ。若くて爽《さわ》やかなスポーツマンの入嵩西は、冗談も面白い学校のヒーローだ。しかし厳密に恋かどうか優奈もよくわからない。

「片想いではダメ。元タラクジは決して許されない恋を舞わなければ、伝わらない」

「じゃあ潔子先生は不義の恋を知っているんですか？」

そう返されると潔子も悩んでしまう。舞踊人生を極めるために、結婚相手の条件は踊りを認めることだけに絞り込んだからだ。潔子の亭主は決して色男というわけではない。むしろなぜ潔子があんな不細工な男と結婚したのかと話題になったほどだ。潔子の亭主は喜怒哀楽の全ての感情が欠落した岩石のような男だった。

「じゃあ質問を変えます。潔子先生は普通の恋をしたことはありますか？」

「わ、私は踊りさえできれば誰でもよかったのよ……」

「そんな人が元タラクジを教えるなんてできるんですか？」

「踊りと現実は違うことがあるのよね……」

潔子にはかつて求愛してくれた男性がいたことはいた。むしろ美貌《びぼう》の潔子は高嶺《たかね》の花でもあった。しかし多くの男性は潔子に家庭に入ることを求めた。だが潔子はストイックに舞踊に打ち込む人生を選んだ。恋なんて道の邪魔でしかない、と本心では思っている。

「今の私があるのは恋に現《うつつ》をぬかさなかったからよ！」

「じゃあ、私も先生のようにうわべだけで踊ります」

と妥協を申し込んだ瞬間、ツカサたちが潔子の元に六尺棒を構えて押しかけてきたではないか。

「中途半端な舞は絶対に許さぬ！　神を欺いて踊るなど以《もっ》ての外じゃ！」

「きちんと元タラクジを理解するまで家に帰ってはならん」

こうして優奈の猛特訓が始まった。

竹富《タキドゥン》ぬ　太郎叔父《タラグジ》よ
仲嵩《フニ》ぬよ　叔父《グジ》がまよ
九年母玉《フンダマ》　故んどぅよ
いらいはきよ　すみんどぅよ
叔父《ブザ》さ　惚《ブ》りてぃやりどぅよ
親子《ウヤク》　惚りてぃやりどぅよ
（竹富の太郎叔父さん
仲嵩《なかたけ》の叔父さん

九年母玉がきっかけで
首飾りのおかげで
姪《めい》のカマドと叔父さんは恋仲だ
近親相姦だ　と噂になった)

沈鬱《ちんうつ》な調べに流れる唄《うた》は元タラクジだ。潔子が手本として踊ってみせた。鮮やかな紅型《びんがた》衣装を纏《まと》った潔子は唄の世界を体現するように悲しげに舞う。足の運び、手の動きは舞踊として情感を醸しだしながら舞台に映えるように計算されている。種子取祭の奉納舞踊は御嶽の神を前に踊るが観衆は三方を囲んでいる。正面の神だけに美しく見えればよいというものではない。どの方向から観ても、伝わるように舞わなければならないから、踊り手の緊張感といったらなかった。そのうえに元タラクジという難曲が重なるのだから、踊り手が嫌がるのは無理もないことだった。

手本の舞を観ていたツカサたちは口々に潔子の踊りを褒めそやす。

「素晴らしい。何十年かぶりに元タラクジを観たが、今まで一番じゃなかろうか」

「さすが潔子じゃ。踊りの道を究めた者だけのことはある」

「しかし上手すぎて、情緒まで均一なのが気になる……」

潔子は舞を終えた瞬間に「違う」という表情を浮かべた。型は元タラクジだが、もっと訴える情感が自分には欠けていると思った。

「私の舞は型通りで神の前で踊るにはまだまだ未熟です」

名舞踊家の潔子でさえそう言うのだから、優奈に踊らせるとなると師匠を超えろという意味になる。

「優奈、私の真似をしなさい。最初は真似だけでいいから」

壁一面の鏡の前で潔子と優奈が向き合う。

「重心を低く、足の小指を意識して歩きなさい。優奈、そうじゃない。もっと摺《す》り足で歩きなさい！」

「手の返しは肘《ひじ》を意識してそこから円を描く。手首が硬い。肩を動かさない。腕は肘から先にもう一本あると思いなさい！」

素人の優奈は琉舞《りゅうぶ》の基礎も覚束ない。潔子の動きを目で追っても体が思うように動かなかった。

「潔子先生、私にはできません！」

「種子取祭まであと一週間しかないのよ！　全部覚えるまで帰ってはいけません！」

優奈は舞踊地獄に落とされ、死ぬまで舞わされる刑に処せられたも同然だった。この後、本当に朝までしごかれ、電池切れになって床に倒れるまで踊らされた。

「私にはできません！」

優奈の悲痛な叫びが明けの白みの中に響いた。

第三日　特訓

種子取祭の奉納舞踊が迫っていることは、沖縄中に知れ渡っている。祭の最中に島を訪れる観光客は三千人以上。島の人口の十倍の人が押し寄せることになる。島の老若男女が至るところで舞踊の練習を行い、あたかもこの島全体が舞台になっているかのように映る。

真栄田航平の特訓は二日目を迎えていた。

優奈と同じように、昨日は島の三線《サンシン》弾きのオジィに組踊の講習を受け、実践が始まった。練習相手役の青年が模造刀で航平の頭を容赦なく叩《たた》きつけた。

「アガーッ（いってえな）！」

「今のは真剣白刃取りで受けないと、次の動作に移れないだろう！　殺陣《たて》は流れが途切れてはいけないんだって何度言ったらわかるんだ！」

航平が神託により演じさせられることになった組踊「伏山敵討」は、狂言の即興性が濃く反映される。芝居は、丁々発止の殺陣が最大の魅力であり、いかにアクロバティックな殺陣を繰り広げるかに芝居の成否がかかっていた。

三線の師匠が航平に問う。

「航平、おまえの動きには義がない。おまえの演技は剣をいかに避けるかしか伝わらない。伏山敵討とは何か、もう一度考えてみろ」

「また説教が始まったよ……」

航平は昨日からもう十回もその話を聞き、聞くたびに既視感を覚えるから嫌になってきていた。

伏山敵討の内容はこうである。むかし棚原按司《たなばるのあじ》という豪族がいて、天願按司《ていんぐわんのあじ》と覇権を巡って対立していたが、棚原按司は討たれてしまった。棚原按司の臣下の富盛大主《とうむいふぬし》は復讐《ふくしゅう》を誓い、奥方と子どもを連れ山に逃げた。子どもは成長し若按司となり富盛大主と武芸の稽古《けいこ》を積んでいた。

宿敵の天願按司は、富盛大主が山中で切腹したという噂を聞き、復讐はないだろうと踏んだ。そこで臣下を連れて山に狩りに出かける。しかし富盛大主は千載一遇の機会を得、宿敵・天願按司に敵討ちを挑む。

この狂言は次から次へと現れる強敵といちいち闘い、最後の敵を倒すまで目が離せないのが見所である。タイプの違う敵とどう闘っていくのか、キャラクター造形も魅力のひとつだ。

「航平、おまえの演じる若按司は、若さしか魅力がない。今のままだと少年が山賊に襲われたようにしか見えない。若按司は父の敵を取るという大義があるのに、おまえからは何も感じられない」

「そんなこと言ったって……」

と航平が模造刀をしゅんと落とす。昨日から「役になって生きろ」とばかり言われている。航平は別に役者になりたいわけではないのに。航平の体は一晩で無数の痣《あざ》だらけになっていた。

「航平、ちゃんとオジィの言うことを聞け」

と平手打ちを浴びせたのは、体育の入嵩西先生だ。伏山敵討が種子取祭で催されることが決まるや、島で一番人気のある入嵩西が抜擢《ばってき》された。しかも最強の敵、天願按司役として。合計で十人の敵と戦わなければならない航平は、練習でもまだ天願按司のパートまでたどり着けていなかった。島の人気者の入嵩西先生は、大学時代に器械体操をやっていたというだけあって、身のこなしも軽く、史上最高のハマリ役となることが予想されていた。

入嵩西が持てあました体力で、ウォームアップする。ロンダートから連続バック転、そして伸身の新月面宙返りの最高難度のシリーズに、一同が沸き返る。入嵩西の空中姿勢は宙に止まったような瞬間がある。まるで空中で誰かが支えたように止まり、それから技に入るから余裕を感じた。

師匠のオジィも入嵩西の舞に目を細める。

「天願按司は見事じゃ。誰もおまえを倒せる者はいないじゃろう」

入嵩西も白い歯を見せて爽《さわ》やかに笑った。

「任せてください。若按司なんて返り討ちにしてみせますよ」

「先生それじゃあ芝居にならないよ!」

「航平、おまえは自分が最後に勝つという段取りに慢心しているから、真剣に見えないんだ。先生を倒すという意気込みが感じられないんだよ」

「だってお芝居なんだもん……」

航平がこう零《こぼ》した途端、味方のはずの富盛大主役の青年からげんこつが飛んだ。

「そんな気持ちで芝居に臨むな。なんのために伏山敵討を復活させると思うんだ。学芸会じゃないんだぞ！」

練習場で敵から味方から師匠から殴られ蹴《け》られ、航平は集団リンチに遭っているような気分になった。血の匂いを嗅《か》ぎつけた鳥が広場に群れをなす。

「ひどい。ぼくが演《や》りたいって言ったわけじゃないのに。アガー。アガー。アガー」

制裁が終わった後で師匠がもう一度問う。

「航平、若按司は何のために闘うのだ」

「復讐のためです」

「なのに怒りがない。もっと怒れ」

「ぼくは怒ったことがありません。人を殴ったこともありません」

「怒りがないのに若按司を演じられるか」

「じゃあやめます」

「それはならん。神のお告げだ」

こう言われると論理的な会話は不可能だ。神の意思が最終決定権を握っている以上、人間はどんな理不尽も受け入れるしかない。全ては神の思《おぼ》し召しのままに。種子取祭のために。

「ぼくにはできません！　許してください！」

逃げだそうとした航平の襟が摑《つか》まれ、引き戻され、また鉄拳《てっけん》制裁付きの地獄の特訓が始まった。

第四日　役作り

婦人や青年たちの種子取祭の奉納舞踊の練習が形になってくると、島の至るところに舞台が生まれる。普段はうんざりするほどの直射日光も、ステージの照明のように目に刺すようになる。そう考えると舞台こそこの島の本来の姿で、祭の後の日常が楽屋にすぎないように思えてくる。舞台の島に生まれた者の宿命として、役を生きられなければ戻る楽屋がないとでもいわんばかりだ。

「種子取祭なんか嫌いだ……」

ビーチの日陰でぼそっと呟《つぶや》いた航平は、練習に戻りたくなかった。辛《つら》くなったとき逃げるのはこのコンドイビーチだった。今日の練習は最悪だった。なんとか殺陣を覚えて形になってきたのに、ラスボスの天願按司の強さといったら半端じゃなかった。模造刀じゃなかったら二十回は死んでいただろう。段取り無視で宙を跳びはねる入嵩西は猿を相手に闘っているようなものだった。教師のくせに生徒に手加減するということをせず、航平に隙があれば容赦なく攻撃を仕掛けてくる。若按司という正義の役柄のせいで殺されるわけにはいかず、どう見ても致命傷を負っているのに生かされてしまう。航平は若按司がゾンビなら役を摑めたかもしれないと思った。殺されても殺されてもしつこく闘わせられる。もしこれが本番の舞台なら、滑稽《こっけい》すぎて観客は笑い転げるだろう。

「航平、何してるの？」

と声をかけてきたのは優奈だ。彼女もまた虚《うつ》ろな瞳《ひとみ》をしていた。元タラクジの型は一通り覚えた。鏡の前で潔子と練習してもユニゾンは取れている。音を聴けば無意識に体が動くようにもなった。踊り下手の優奈にしては飛躍的な進歩なのに、師匠の潔子からはまだ形になっていないと告げられた。ついに堪忍袋の緒が切れた優奈は、悪態をついて潔子のスタジオを飛び出したのだった。

「その顔じゃ、優奈もしごかれたって感じだな」

「航平ほどじゃないけど」

航平が体罰による制裁なら優奈は精神的な苦痛だ。主役のカマドの気持ちがまったく籠《こ》もっていないと言われ続けて頭がヘンになりそうだ。優奈は彼女なりに不義の恋というものを考えた。だが最初の淡い恋も確かめられないのに、人目を忍ぶ恋なんて飛躍がありすぎた。

「私はふしだらな恋なんて理解できなくていいもん……」

「ぼくも復讐心なんてわからなくていい……」

「この島の人間はみんな頭がおかしいわ。祭のためだけに生きている感じがするわ」

「役を生きろと言われても、ぼくは自分の人生すらどう生きたいかよくわからないんだけどな」

そう言ってふたりで海を見つめた。八重山諸島のほぼ中心にある竹富島の周囲には海というより、湖の真ん中にいるような景色が広がる。左右に西表《いりおもて》島と石垣《いしがき》島の巨大島の影が青々と横たわり、海を堰《せ》き止めている。その内側に広がる海の碧《あお》さは原色のパレットだ。

航平は小学生の頃学校の写生大会で海を描いたことを思い出す。そのときどんな絵の具でも島の海を描けないことを知った。絵の具の青も緑も紙に乗せた瞬間、色褪《いろあ》せてしまう。見た目に近い色を探したが、先生の持っている百色の絵の具でもなかった。

そんなある日航平は、偶然に島の海の色を発見した。アルミホイルの上にターコイズブルーの絵の具を乗せるのだという。試しに航平がやってみせたら、本当に島の海に近い色ができた。島の海は銀色に光っていたのだ。その絵を優奈にあげた。あのときは意味がわからなかったが、今は思い返すと恥ずかしくなる。

「ぼくは役者になんかなりたくない。絵を描いて生きていきたい」

「そういえば航平は絵が上手かったよね」

「優奈はぼくの描いた絵をまだ持ってるか？」

「うーん。たぶん……。捨ててないと思うけど」

「そっか……」

航平は胸が小さく痛んだ。毎年、優奈の誕生日に海の絵を描いて渡し損ねた四枚の絵がいっぺんに破れた感じがした。それで自分の気持ちがやっとわかった。

「私、やっぱり戻らなきゃ。ツカサ様たちが仕上がりを確認しに来る頃だもの」

優奈が砂浜を立ち上がると、海水を吸った砂が丸いおしりのくぼみをつけていた。その形が中学生とは思えないほど成熟した女性の形だった。

華やかな雰囲気のある優奈は男子の憧《あこが》れだ。きっと同じバレー部のキャプテンの平《ひら》得《え》先輩がお似合いだろう。若按司《あじ》は美少年の平得が適役なのではと今でも推す者がいるほどだ。確かに背の高い平得先輩なら納得の配役だろう。しかし神は内気で見た目も凡庸な航平を選んだ。

「なんでぼくが若按司なんだろう……」

航平は四日後、奉納舞踊が行われる世持御嶽の神に祈った。

「神様、どうかぼくに伏山敵討を演じられる力をください」

世持御嶽に鬱蒼《うっそう》と茂る木々の梢《こずえ》がざわざわと揺れていた。

第五日　転機

事件は昨夜の遅くに起きたらしい。朝、航平が練習場で目覚めると大人たちが大騒ぎになっていたからだ。何事かと寝ぼけ眼を擦《こす》った航平はある言葉で一気に目が覚めた。

「なんだって！　優奈と入嵩西先生がつきあっていただって――？」

「違う違う。つきあってるとかそんなもんじゃないよ」

目撃した男の話によるとこうだった。昨夜、遅くに入嵩西の車がビーチに入っていくのを見たそうだ。助手席には優奈がいて、車の中で会話をしているように見えた。しばらく経っても戻らないので先生と生徒がこんな夜遅くにと不審に思った男は車を覗《のぞ》いたそうだ。そのとき倒したシートに覆い被《かぶ》さるようにしている入嵩西の背中を見た。車をノックしたら、入嵩西は慌ててズボンをあげて車を発進させていったという。

「おいおい。それって淫行《いんこう》じゃないかよ」

「若い男が島に来るとこういう事件が起きやすいんだよな」

「よりによって生徒と関係していたなんて」

と大人たちが頭を抱えている側で航平は目の前が漂白されていくのを止められなかった。優奈と入嵩西の話なのに、なぜか自分が薄っぺらに消滅していきそうだった。

「嘘だ。優奈は先生に騙《だま》されただけだ！」

「航平、そうじゃないんだよ。優奈は抵抗しなかったんだ」

「嘘だ。怖くて抵抗できなかったんだ！　ぼく確かめてくる」

航平はそう言うや優奈が練習する潔子の家に駆けだした。一時間もあれば島の外周を歩けるというのに、この日はどんな近道をしても潔子の舞踊研究所が遠い。曲がり角が面倒くさくて石垣を飛び越え、民家の敷地を斜めに突っ切る。それでもまだ遠いので観光客相手のレンタサイクルに飛び乗り、必死で漕《こ》いだ。しかしまだ航平の求める速度には到底及ばない。癪《しゃく》に障るのがいやでも耳に飛び込んでくるスキャンダルの噂話だ。

「聞いた？　入嵩西先生が優奈をレイプしたんだってさ」

「違うよ。優奈が先生を誘ったって話だよ」

「今の子はマセてるからねえ」

自転車のスピードは方々からの声をいやでも集めてしまう。聞いているだけで航平はおかしくなりそうだった。

「ずっと前からの関係らしいよ」

「妊娠したんじゃないかしらね」

航平は自転車を駐《と》めて女たちに喰《く》ってかかった。

「うるさい！　よくもそんなデタラメを言えるな」

「だって校長先生がそう言って頭を抱えてたわよ」

「ってことは優奈は今どこにいるんだ？」

「学校よ。ふたりとも呼び出されたのよ」

航平は反対方向に自転車を向け直して、今度はさっき通り過ぎた学校に向かって走り出す。沿道を飾るブーゲンビリアの紫の花が航平が生み出した風に揺れる。太陽が島の天井に設《しつら》えられ、舞台の最終調整を行っている。どんな役者の動きも太陽は見逃さずに追いかける。

優奈と入嵩西は校長室に呼び出されていた。さっきからふたりは俯《うつむ》いたまま、質問に短く答えるだけだった。

「入嵩西先生、どうして優奈と関係したのですか？」

「……申し訳ございませんでした」

「それはさっきから聞いている。どうしてか説明してください」

「あの……。つい魔が差して……」

「優奈はどうして先生の車に乗ったんだ？」

「ごめんなさい。ごめんなさい……」

校長が聞き出した経緯はこうだ。昨夜、遅くまで元タラクジの練習をしていた優奈と帰り道ばったり会ったらしい。入嵩西は車で送っていくと優奈を助手席に乗せた。深夜と密室ということもあり、優奈は入嵩西に恋の告白をしたらしい。初めは中学生の女子によくある幻想だと入嵩西も軽くいなしたが、優奈は引き下がれなくなってしまった。

「私の気持ちが本気だってことを先生に知ってほしかったの」

と優奈は言う。しかし入嵩西は恋に浮かれた女子の扱いにすこぶる慣れていた。ラブレターをもらっても「ありがとう」と返事する態度はスマートだが、軽くあしらう感がある。そうやって玉砕していく同級生を見てきた優奈は自分もまた適当にあしらわれるかと思うと、急に恐怖が湧いてきた。淡い恋のはずだったのに、意地が上回ってしまった。

「先生のためだったら私なんでもするわ！」

そう優奈が言ったからだと入嵩西は弁解するが、真相はわからない。車を走らせながら会話をしていくうちに無人のビーチが近づいてきたこともあっただろう。暗闇が満ちれば理性は眠くなる。潮騒《しおさい》は原始の鼓動を響かせる。入嵩西はキスでやめておこうと思った。それが理性が覚えていた最後の感覚だ。男女の秘め事に関しては百戦錬磨の潮騒の前で、理性など何の防御にもならなかった。

「君は教師としてまことに不適格な人材だ」

校長はそう言ってまた頭を抱えた。そのとき航平が校長室に飛び込み、三人の雰囲気を一瞬で察知するや、全てを理解した。

「嘘だ。嘘だ。嘘だ！」

第六日　最終仕上げ

　この日、島の道は真新しい砂が敷かれる。神が歩く道を浄化したのだ。いよいよ島に化粧が施され舞台に「道」という大道具が運び込まれた。町並みもフクギ並木もセットとして機能し始める。太鼓や笛、三線《サンシン》の音が至るところから響き渡り、種子取祭は明日の奉納に向けてつつがなく準備が進んでいた。

　潔子の舞踊研究所では元タラクジの仕上げを迎えていた。スキャンダルの当事者である優奈をおろすべきだという意見もあったが、代役がきかずそのまま続投させることになった。島人は優奈がどんな顔をして過ごしているのか気になって仕方がない。スタジオを遠巻きに囲む人々から優奈に容赦ない軽蔑《けいべつ》の眼差《まなざ》しが向けられた。

「本当に今の子ってだらしないんだから」

「親も親だけど教師も教師よね」

「島の恥よ。これからどうやって生きていくんだか」

「しっ。練習が始まったわよ」

ゲネプロは本番の衣装を着て行う。紅型《びんがた》衣装を纏《まと》った優奈が前奏とともに入る。足の運び、目線、重心移動、どれも申し分ない。まるで潔子の分身がそこにいるような完璧《かんぺき》な佇《たたず》まいだ。猛特訓の甲斐《かい》があったというものだ。

唄《うた》が始まったとき、潔子は目を見張った。優奈の目に深い憂いが宿っているではないか。沈鬱《ちんうつ》な面持ちで目を伏せた優奈の舞に、潔子は背筋が寒くなる思いがした。

「カマドが憑依《ひょうい》したみたいだわ……」

小道具の笠《かさ》を掲げた優奈は憂いを帯びながら元タラクジを舞った。

「入嵩西先生、私は本当に先生のことが好きだったみたい……」

優奈は昨日から消えてしまいたい気持ちでいっぱいだった。親からも呆《あき》れられ、罵《ば》倒《とう》され、友達も白い目で見る。男子からは淫売《いんばい》女だと陰口を叩《たた》かれ、島の女性という女性から汚物を見たように舌打ちされる。この恥を背負って生きていくには島はあまりにも小さすぎる。どこに行っても隠れる場所などなかった。まるで裸で歩いているような気分だった。

そのとき雷に打たれたような衝撃が優奈の背筋を貫いた。

「潔子先生、わかりました。私、元タラクジを踊りたいです――！」

一方、航平は昨日から生まれて初めて自分の心に何か黒いものが蠢《うごめ》いているのを感じた。それはカサカサと心の縁をなぞるように動き、腐敗臭がした。それがゲップになって喉《のど》を通りすぎ口から出たときには叫びに変わる。

「許さない。許さない。ぼくは入嵩西を絶対に許さないぞ！」

叫びは言葉で怒りになり、怒りは航平の肉体を苦しめた。今、爪の先まで鋭い痛みが航平を支配している。この体だけでは怒りは到底収まらないと知った航平は、武器を握った。殺気を纏った航平は迷わず伏山敵討の練習場に向かった。

刀を振り回す航平は鬼神のような迫力だ。これまで三分も組み合えなかった航平が、丁々発止の殺陣《たて》を演じているではないか。今まで手加減していた相手も、航平の迫力に圧《お》されて殺陣が冴《さ》えていく。

「許さない。あいつを殺してやる！」

師匠はこれでいけると確信した。

「航平、その目じゃ。怒りに満ちたその目はまさしく若按司《あじ》のものじゃ！」

この日、種子取祭は全ての準備を整えた。

第七日　バルビルヌニガイ

ついに種子取祭が幕を開けた。太陽が島全体を隈無《くまな》く照らす。全てを黄色く染めていく舞台の明かりだ。影という影が痩《や》せ細り、凄《すさ》まじい暑さに木々が水蒸気を飛ばしながら耐えている。今日と明日、世持御嶽《ウタキ》で奉納舞踊が行われる。この舞踊を目当てに朝から高速船がピストン輸送で来島者を送り続ける。神が舞台となるように生み出した島は本来の姿を現した。

島人は全て役者となり、島の全てを舞台として使う。化粧と衣装に身を包んだ島人は、神の思《おぼ》し召すままに踊る。

世持御嶽に集まった観客は実に三千人。御嶽の敷地から溢《あふ》れ九十九折《つづらお》りにステージを囲む。ほとんどの観客が立ち見だった。この奉納舞踊は人間の集中力を超えて行われる。今日だけで四十の演目が休みなく催される。十二時間以上ぶっ通しで観るのは人間には不可能で、これができるのは神だけである。

万華鏡のように千変万化の舞を繰り広げる様は狂気を帯びている。八重山地方の祝賀の舞である「赤馬節」の華やかさ、「鷲ぬ鳥節」のめでたさ、「かぎやで風」の厳かさ、まるで古今東西の宮廷料理を持ち込んだような宴《うたげ》である。

観衆のお目当ては伝説の舞踊、元タラクジだった。不義の恋に身を落としたカマドの舞は、悲愴《ひそう》であるが、究極の情感がなければ観るに堪えない。

観客は踊り手が優奈であることを知っているからこそ、観てみたいと思う。島を揺るがすスキャンダルの女王は中学生という。しかも教師を誑《たぶら》かしカーセックスに及んだというではないか。どんな不貞不貞《ふてぶて》しい顔をしているのか、この目で見たい。そういう好奇の眼差しが舞台に注がれた。

いよいよ次が伝説の元タラクジの舞だった。

前奏が流れた瞬間、観客が舞台の三方から視線を注ぐ。主人公のカマドはまだ出てこない。その間がやけに長く感じる。

「淫売中学生はまだか！」

と痺《しび》れを切らした男が野次を飛ばす。すると舞台の上手から優奈が現れた。その姿に一同がややと気色ばんだ。優奈は定番の紅型衣装を纏わず、質素な白装束で現れたではないか。しかも髪を結わず頭から水を被《かぶ》って滴らせていた。その異形に舞台がしんと静まりかえった。

竹富ぬ　太郎叔父よ
仲嵩ぬょ　叔父がまよ
九年母玉　故んどぅよ
いらいはきよ　すみんどぅよ
叔父さ　惚りてぃやりどぅよ
親子　惚りてぃやりどぅよ

優奈の悲しい眼差しが舞台の前列から後列へと徐々に冷やしていく。ただ事ならぬ雰囲気に観客はツカサに判断を委《ゆだ》ねるように顔を向ける。

「罪人の衣装じゃ。髪を結わないのは王府から処罰された女という意味じゃ……」

ツカサも鳥肌が立つのを抑えられない。あの素人だった優奈が元タラクジの曲想を的確に捉《とら》え、しかも最高の形に昇華しているではないか。潔子から教わった型を模倣しているのではない。明らかに上回っている。

優奈は踊りながら、禁断の恋に身をやつした自分の愚かさを嘆いていた。

「私は馬鹿だった。こんな恥をかくくらいなら告白しなければよかった……」

それでも入嵩西を恨むことはない。むしろタブーに触れたからこそ燃えるような想いが消せずにいる。これからずっと島に住む限り、この噂は消えないだろう。それも仕方ないと思う。だが淡い片想いと思っていた胸の疼《うず》きは、本物の恋に変わってしまった。

「この想いが消えるのは私が死んだときだけ。先生、今でも好きです……」

昨夜、入嵩西から優奈は悲しい報《しら》せを聞いた。この祭が終わったら学校を辞めて島を離れると告げられた。生徒に手をつけた教師がいられるほど島は寛容ではない。入嵩西が今後どこに行くのか、誰も知らない。

優奈は「私も連れて行って」と縋《すが》ったが、入嵩西は「間違いだった」と冷たく言い放ち、まるで自分が被害者のような言いぐさで優奈を突き放した。あの車中での出来事は優奈の方から誘惑したとでも言わんばかりの口調で。

「先生、一緒に連れて行って。私はもうこの島に住めないよ」

優奈の圧倒的な情感にこれが踊りなのかと観客は目を疑った。カマドが背負った業が時を超えて現代に蘇《よみがえ》ったとしか思えなかった。

舞台の袖《そで》で観ていた潔子は、神がかった優奈の舞に自分が今まで信じてきた道が潰《つい》えたような思いだ。

「私は踊りを甘く見ていたわけじゃない。でもこれが本物の踊りなんだわ」

精進を邪魔する現世的な恋を徹底的に避けてきた潔子は当代一の舞踊家の名を恣《ほしいまま》にした。しかし究めれば究めるほど自分に足りないものを感じてもきた。その足りないものを今、思春期の少女にまざまざと見せつけられ、突き落とされた気分だ。しかし潔子は本物の舞踊に立ち会えた瞬間にすがすがしくも感じていた。

「私の道はまだ遠いわ。でも絶対にあそこまで追いついてみせる」

潔子はこの後、那覇に武者修行にでかけることになる。

優奈の舞が終わった。舞台から消えたのに、情感だけが余韻のように残っている。いや終わって尚《なお》観客の心の中にカマドが踊っているのだ。ツカサが立ち上がって拍手した途端、やっと正気に返った観客が津波のような拍手を浴びせ、指笛と座布団を舞わせた。

白装束で神の前に整列したツカサの中の晴美が神託を受けた。

「神は素晴らしい舞に感動したと仰せられております。お礼に島に豊年を授けるそうです」

「優奈、でかした！　おまえの罪はこの世持御嶽のツカサである私が赦《ゆる》そう！」

神が直接豊年を告げるのは異例のことだ。この言葉を民に聞かせるとまた熱狂の嵐が御嶽を包んだ。奉納舞踊、一日目、バルビルヌニガイはこうやって幕を閉じた。

第八日　ムイムイヌニガイ

奉納舞踊二日目になると、いよいよ種子取祭は絶頂を迎える。昨日の優奈の元タラクジの舞は夜を徹して語られた。あの場に立ち会えた僥倖《ぎょうこう》を皆で喜び、豊年の神託まで受けたのだから、優奈は種子取祭の功労者だ。ツカサが名誉を回復させると言ったのだから、これに逆らうのは神への反逆とみなされる。

そして今日、もうひとつの神託である伏山敵討が演じられる。これは見物と、昨日を上回る観客が世持御嶽に押し寄せた。

いよいよ舞台の幕が開く。

此りや棚原ぬ臣下　富盛大主
我が主人按司どぅ御慈悲世に勝てぃ
波風ん立たん　治まとぅる御世に

天願ぬ按司ぬ　悪欲ゆ企でぃ
去年ぬ八月ぬ　戦押し寄せてぃ
棚原ぬ城　七重八重　囲でぃ
按司加那志《かな》　御始み　御臣下ぬ
まじり殺さりゆ　召しょーち

（我は棚原の臣下の富盛大主《ふぬし》である。
我が主人の棚原按司《あじ》は慈悲深く
その治世は波風も立たず平和であった。
しかし天願按司が謀反を企てて
去年の八月に戦を仕掛けてきた。
棚原城は七重八重に囲まれ
主人を始め臣下もろとも
殺されてしまった）

富盛大主が口上を述べ、痛快な剣劇が始まる。華麗な衣装に身を包んだ役者たちが己の武芸の限りを尽くして、舞台狭しと舞えば自《おの》ずと観客が呼応する。敵の臣下は大男、鎌使い、ヌンチャク使いとあらゆる武器を携えて富盛大主に襲いかかる。富盛大主は巧みな太刀捌《さば》きでこれを倒し、そのたびに観客に向けて見得を切るのだから、興奮は弥増《いや》す。

「いいぞ富盛大主！」

とお捻《ひね》りが老人たちから投げられ、それを拾いながら殺陣《たて》を魅せるのも爆笑だった。特設ステージの梁《はり》を使い、柱を使い、舞台から飛び出してまた戻る。観客は組み合った剣を目の前に突きつけられてきゃあきゃあ騒ぐ。どこまで予定調和でどこまで本気なのか観ている側がわからなくなる。

ついに若按司に扮《ふん》した航平が出てきた。その凛《りん》とした佇《たたず》まいに一同が息を飲む。

「あれがおとなしい航平なのか？」

「全然雰囲気が違うじゃないか」

航平の親ですら、息子を見違えてしまう。いつも家で絵ばかり描いている息子は、どちらかというと目立たない方だ。それが観客の視線を一身に集め、歓声を受けてより大きく存在しているではないか。

主役の富盛大主は舞台の上に咲いた航平の華に圧倒されていた。

「父の敵、覚悟！」

と航平が剣を構える。模造刀といえども剣圧のある太刀筋に、敵役が怯《ひる》む。明らかに今までのへなちょこ太刀とは異なる剣筋だ。応じる方も思わず真剣に受けてしまう。その迫力が観客に伝わり、舞台を超えた異様な興奮が渦を巻く。

「航平、いいぞ。その勢いじゃ」

と師匠も袖から声援を送る。一昨日《おととい》の練習よりもますます切れが増している。航平は若按司の役どころを完全に摑《つか》んでいた。航平が次々と敵を倒すたびに、観客が舞台に押し寄せる。そしてついに最後の敵、天願按司の出番となった。今や入嵩西は汚名を着た本物のヒールだ。

「どうせ、この祭を最後に島を出て行くんだ。いっちょ暴れてやるか」

と出てくるなり入嵩西のトレードマークの伸身宙返りのシリーズで、舞台の端から端まで跳びはねる。空中戦を持ち込んだ殺陣は今まで誰も観たことのない伏山敵討へと変貌《へんぼう》を遂げていた。

「来たか入嵩西！　このエロ教師め！」

と航平が剣を振りかぶる。それを連続バック転でかわしていく様はまるで京劇だ。それを追いかける航平は梁に飛びつくや、大車輪で回転し入嵩西をキックで撃墜した。

たまらず入嵩西は腹を押さえて蹲《うずくま》った。

「いいぞ航平！　千両役者！」

とお捻りがクラスター爆弾のように舞台に注がれる。やっとの思いで立ち上がった入嵩西は、舞台に信じられないものを見た。航平が不動明王《ふどうみょうおう》のような威圧的な眼差《まなざ》しで自分を見据えているではないか。いつも体育を見学してばかりだった航平とは思えない迫力だ。入嵩西は思わずたじろぐ。

「航平、俺に何か恨みでもあるのか？」

「優奈に手をつけて捨てるとは、それでも男かっ！」

怒声をあげて斬りかかる航平の剣筋は目にも止まらぬ速さだ。間一髪で避けた一撃が入嵩西の頬に微《かす》かに当たった。遅れて血が滴り落ちる。模造刀でこの切れ味は尋常ではない。

航平は剣についた血を舌で舐《な》めあげる。その目つきが勝利を確信していた。

「優奈に謝れ。死んで詫《わ》びろ！」

「航平許してくれ。これは芝居だ。ただの芝居だ！」

と入嵩西が舞台から飛び降りて逃げていく。その様が滑稽《こっけい》で観客は大爆笑に包まれた。

牛の御嶽《ウタキ》の晴美が神託を受けた。

「神は大変満足だと仰せられております。お礼に島に三年の果報を約束するそうです」

「でかした航平！　種子取祭は大成功じゃ！」

航平は大歓声の渦の中で剣を振り回し、見得を切る。

「優奈、敵は取ったぞ！」

この島は舞台であり、舞台こそ人生なのだ。

波照間島《パティローマ》

東シナ海の南端にひとり寂しく浮かぶ島がある。四方を完全な水平線に囲まれた孤高の島は「果ての場」という意味を持つ。それが波照間《はてるま》島だ。珊瑚礁《さんごしょう》で繋《つな》がる八重山諸島のなかでも波照間島の孤島ぶりは際立つ。家族となる島々の山影は遥《はる》か遠く、猛烈な風と波に曝《さら》され、山も川もない厳しい風土のなかに浮かぶその姿は、砂漠の民を彷彿《ほうふつ》とさせた。

そんな波照間島に神が与えたのは、星空だ。闇が隙間に見えるほどのおびただしい星明かりは、大都会のネオン以上だ。時計の秒針のように間断なく降り注ぐ流星群は、無限に続く花火だ。この星空だけを慰めに島は生きている。

「オジィ、もうちょっとでご飯にするね」

と自転車のタイヤに空気を入れていた女が言った。レンタサイクル屋を営む日菜乃《ひなの》は、人との関わりが最小限ですむこの商売を気に入っている。朝一番の船で観光客がやってきて、夕方の最終便には帰ってしまう。その間に自転車を貸すのだ。一度、島を訪れて外周をぐるっと回った観光客はたいてい二度と来ない。一回こっきりの通りすがりの客相手の商売は気楽なものだった。

祖父を頼りにこの島に渡って来るまで、日菜乃は石垣島で暮らしていた。祖父の足の具合が悪くなり、介護をしてくれる者を親戚《しんせき》中から募ったところへ、日菜乃が手を挙げたのだ。彼女もまた高校卒業後、定職にも就かず石垣島でのバイト暮らしに限界を感じていたので、渡りに舟でもあった。

祖父の貴久《たかひさ》は孫娘の来島に歓迎半分だ。半分なのは彼女があまり幸せそうじゃないからだ。

「ワジワジー（イライラ）日菜乃」、申し合わせたわけではないのに、友達も家族もそう呼んだ。実際、彼女と五分話してみれば、ピリピリした会話に辟易《へきえき》するのだった。

「ねえ南十字星ってどれのこと？」

と日菜乃の側にやって来た祖父に尋ねる。この島に来て一年になるというのに、日菜乃はまだこのうるさい星空に慣れなかった。

「南の水平線の上にある星だよ」

と祖父が夜空を指しても、日菜乃には十字架が見つけられない。日菜乃の視力がすこぶるよいのと、島の環境が相まって、星座を見分けることができないのだ。島の夜空は視力の弱い人でも六等星まで軽く見える。そこに日菜乃の二・〇の視力が重なると八等星まで見えてしまう。その数、実に四万三千個以上。彼女には夜空が白っぽく、まるで明けのまどろみのように見えた。

「全然わからないわ」

と日菜乃は言う。

「この島は星だけが自慢じゃて」

残念だが日菜乃には、星空が埃《ほこり》の積もった空き部屋に見えた。センスのいいインテリアを揃えたのに、誰ひとり遊びに来る人のいないまま、掃除も行き届かず埃だけが積もっていったかつての自分の部屋みたいだ。そういう意味では気に入っている。

日菜乃はこの島のざらついた風土がまるで自分のようだと思っている。カサカサに乾いて獰猛《どうもう》に飢えている。雨水を求め、冷凍焼けの野菜を食い、生活雑貨は船で一時間かけて石垣島のスーパーで調達する。そもそもここで良質なものを得ようと思うことがナンセンスなのだ。この状況が今の日菜乃を慰めもせず責めもせず、ただ現実としてごろんと転がっている。

日菜乃は自分の欠損が何なのかずっと探していた。苛々《いらいら》の原因を探り当てられず、ひょんなことから波照間島にやってきて、初日でこの島とウマが合いそうなことがわかった。食べ物が徹底的に不味《まず》かったからだ。これで料理が下手なのは自分のせいでないことになる。次の日、化粧品を売っている店がないことを知った。それどころかブティックや美容室もどこにもない。これでナリが悪いのは自分のせいでないことになった。年頃の男もいない。これで出会いがないと嘆くことができる。もっとも年頃の男がいても、チャンスなんてなかったのだけど。ここは嫌な意味で自分を肯定してくれる。島の風土はウマは合うけれど親友にはなれない。そういうドライな距離感が今の彼女にはちょうどよかった。

「日菜乃にはここの暮らしは不自由だろう」

と貴久は慰めるが、日菜乃が島を気に入っている理由が不自由にこそあるなんて思わないだろう。僻地《へきち》を好む日菜乃は、あらゆる競争から脱落したくて来たのだから。

「あたしはどこに行っても不自由だから、これくらい何もない方がちょうどいいのよ。この前、携帯電話が繋がったんでびっくりしたわ。どこかの馬鹿が基地局を作ったのね。友達がいない理由をなくすなんてひどいわ」

「またそんなことを言う……」

「昨日、リゾートホテル建設の反対集会に行ってきた。自然を守りたいからじゃないわ。仕事がない理由をなくされたくないからよ。安定した暮らしを送れない理由までなくされたら、この島に何の価値があるの？」

　この孫娘の屈折感とどう向き合えばいいのか貴久は考えてしまう。若さゆえの苛立《いらだ》ちと思いたい。何かを手に入れたくて奮闘して、手に入らないものがあると知った頃、ちょうど老いてくるのが人生だ。だが日菜乃は二十代のうちに手に入らないものを山ほど知ってしまった。余生を過ごすには若すぎた。この有り余ったエネルギーが全て苛立ちに変わり、歯車のかみ合わない空回りが高速回転している。

「民宿に若者たちが集まっているらしいぞ。おまえも行けばいいのに」

　こう言うと日菜乃は毒舌をまき散らすのだ。

「オジィ知ってる？　あそこに集まる人たちは癖があるの。島の女と一晩限りのアバンチュールを楽しみたいだけ。そんな男に引っかかったらどうなるかわかる？　同級生の美沙みたいに妊娠して捨てられて母子家庭へまっしぐら。そして来年もまた同じ種類の男と出会って、香里奈みたいに妊娠して捨てられて二人の子持ちになってホステス街道まっしぐら。再来年もまた同じことを繰り返して、由紀菜みたいに妊娠して捨てられて、末の子を里子に出してこう言うの、『私ってどうして男運がないんだろう？』。四年目の話も聞きたい？」

「わかったもういい」

「いいから言わせて。この島に希望を抱いて来るのはそもそも間違っている。都会で失敗した連中が、この島なら競争相手がいないから楽に勝てるだろうと思っているのがイヤなのよ。都会のブスが最果ての地に来たら美人になれるだろうと思っているみたい。悪党が人の少ない島に来たら相対的に善人になれると思っているみたい。そんなわけないじゃない。ブスは火星に行ってもブス。悪党は地獄に行っても悪党なのに」

日菜乃は深呼吸してまた捲《まく》し立てる。

「たとえば不味い飯屋は都会で食べても島で食べてもやっぱり不味いのよ。でもこの島では辛《かろ》うじて存在は許される。何もないよりちょっとだけマシって理由で。それを間違えたら、勘違いもいいところ。だから、あたしはわかっているつもり。店の自転車のギアが壊れていても、サドルが破れていても誰も文句を言わないのは、何も期待していないから。あたしはそこが気に入っているの。あたしは誰からも期待されないし、何も期待しない」

貴久が溜息《ためいき》をつく。過去に何があったのか知らないが、孫娘は相当傷ついたらしい。貴久は日菜乃が島にやってきた日を思い出す。疲れ果てた目をした日菜乃を守らなければと思った。どっちが介護される側なのかわからない複雑な気分だった。しかし日菜乃はこの島の楽しみのなさを淡々と受け入れていった。それが傷を回復する唯一の治療法のように。

貴久は日菜乃がいつか自分の口でこう言ってくれるのを願っている。

「オジィ、あたし寂しいよ……」と。

しかし口べたな貴久は星空を見せることでしか慰めようがない。

「日菜乃、一番になる必要なんてない。ここは八等星でも輝ける場所なんだぞ——」

最終便の出た港は翌朝まで人を寄せつけない。隔絶された南海の孤島は固い眠りについた。

翌日、日菜乃の携帯電話が鳴った。ほとんどの知人を着信拒否にしている日菜乃の電話が鳴ることは滅多にない。レンタサイクルの緊急時の連絡先に載せてあるだけだった。電話は客の自転車のパンクだった。

「すぐに代車を用意いたします。そこで十分ほどお待ちください」

軽トラックに予備の自転車を載せ、パンク場所へと向かう。相手は日本最南端の碑付近にいるという。また羽目を外した若者が砂利道でタイヤをパンクさせたのだろうとばかり思っていたが、意外にも島のオバァだった。そういえば朝一番で拝みに使うビンシを持ってきた客がいた。てっきり御嶽《ウタキ》で拝むユタなのだろうと思っていた。そのオバァが御嶽のない日本最南端の碑の側で難儀をしていた。

「ここに御嶽ってあったんですか？」

と不思議がったのは日菜乃の方だ。オバァは携帯用拝み箱のビンシを開き、祈りを捧《ささ》げる準備を整えていた。

「いや。ここが一番近いんじゃないかと思ってね」

とオバァが言う。

「近いってどこに？」

「馬鹿だねえ。パイパティローマに決まっているじゃないか」

パイパティローマとは島に伝わる桃源郷伝説で、南波照間島と呼ばれる。日本最南端の波照間島の南のはるか沖に果報の島があるという。そこは極楽浄土にも似た豊かで美しい島であると言い伝えられている。王朝時代のむかし、人頭税の過酷な労働に耐えかねた若者たちがパイパティローマを目指して脱出したという記録も残されている。

「パイパティローマって迷信でしょ？」

するとオバァは苦笑したではないか。

「何言ってんだい。パイパティィローマは本当にあるんだよ。だって私は若い頃に行ったことがあるんだからね」

「ユクシー（嘘ばっかり）」

するとオバァは左手の指輪を日菜乃に見せつけた。そこには見たことのない珍しい宝石が収まっていた。角度によって紫色から琥珀色《こはくいろ》へと色味を変える石はアレキサンドライトのようにも見える。

「その宝石がどうしたのよ」

「パイパティィローマでもらった石だよ」

オバァは日菜乃によく見せるために、指輪を外した。アレキサンドライトのようだと思った石の中に針状の光線が見える。スタールビーやキャッツアイに見られる星彩効果だ。こんな宝石は見たことがない。それに見た目よりもずっと重かった。

オバァは遠くの海を見つめながら言う。

「パイパティィローマに行くまでは、私だってあんたと同じように迷信だって思っていたさぁ。人生なんてなんの希望もないって思っていたさぁ。でも違ったよ。パイパティィローマに行ったとき、私はなんて嫌な生き方をしてきたんだって思い知ったのさ—

――」

オバァが当時の人生を語ってくれた。今から五十年前のことだ。石垣島で娘時代を過ごしていた彼女は、当時の基幹産業だったパイン工場で働いていたという。朝から晩までベルトコンベアで流れてくるパインの芯《しん》を抜き、スライス機に流し、缶詰を箱に並べ、と重労働の割には賃金が安く、稼いだ賃金は家族を養うために全て母親に渡していた。貯めたお金で本土に行く者もいたが、彼女は長女というだけで、弟や妹の面倒を見ねばならず母親の代わりをさせられたという。

「そんなあるときふと疑問に思ったさぁ。私の人生なんて価値のないものなんじゃないかって。長男だからって理由だけで弟を高校に行かせるために、なんで私が働かなきゃならないんだって」

「オバァにはお父さんはいなかったの?」

オバァは女同士の隠語のように日菜乃の耳元で囁《ささや》く。

「腐れナイチャー（本土の人）でさぁ」

「ああ。納得した」

要するに日菜乃がよく知っている島にある規定路線だ。むかしから島の女は本土の一発逆転野郎の餌食《えじき》にされていたらしい。本土で失敗した男が敗者復活を賭《か》けて沖縄に渡り、さらに大敗して逃げ帰るという筋書きだ。

「私は家族の犠牲になっているって思っていたよ。そんなとき、台湾人の経営者が愛人にならないかって誘ってきたのさ。父と同じくらいの年齢の男がだよぉ」

「ハゴー（おえっ）。で、ぶん殴ってやった？」

「いいや。断るに断れなかったさぁ。私は雇い子だし、パイン工場をクビになったらどうやって弟や妹を喰《く》わすんだって思ったさぁ」

「じゃあ愛人になったんだ」

「まさか。あんな息の臭いデブの愛人になるくらいなら死んだ方がマシさぁ。だから母親に助けてくれって泣きついたんだ。そしたらなんて言ったと思う？『辛抱してくれ』だってさぁ」

「サイテー」

オバァが抱えた脚を揺すりながら笑った。それでオバァは自分を保っていた最後の糸が切れたらしい。

「波照間島に行って死のうと思った。お給金をもらったその日に私は波照間行きの船に乗ったのさ。ここなら誰にも迷惑をかけずにひっそり死ねると思ってね」

「それで、来てどうして死ななかったの？」

と日菜乃は身を乗り出して尋ねる。オバァは不謹慎な子だね、と舌打ちしながらもするすると淀《よど》みなく話していく。

「びっくりしたさぁ。ここはまさに私さぁ。その頃は電気もない。水道もない。道もない。周りは掘っ立て小屋みたいな家ばかり。せめて、きれいな場所で死のうと思ったのに、なんにもないから拍子抜けしたさぁ。ここで自殺したら、まるで獣が野で死ぬみたいじゃないか。でもずっと力が抜けてねぇ。あんなに怒っていたのが馬鹿みたいに思えてきたさぁ。家族も仕事も未来もないのに、なぜか気は楽になったんだ。今みたいに便利な世の中じゃないよ。あんたにはきっとわからないだろうけどねぇ」

「そんなことないわ」

「ご飯を食べようと思っても、店も米もないいんだよ。だから畑にある黍《きび》を齧《かじ》ったさぁ」

「あたしはボソボソの八重山そばを食べた。箸《はし》で摑《つか》めない賞味期限切れのやつ」

日菜乃とオバァは同時に笑い転げた。

「お金はちょっとだけあったのに、使う場所がないんだよ。石垣島では毎日毎日お金お金って追われていたのにねぇ。死ぬ前にパーッと使う方法がないかって考えることになるなんて可笑《おか》しいと思わないかい？」

「わかる気がする……」

風で飛びそうなビンシに蓋《ふた》をして、オバァが続けた。

「あるとき、この場所に来たら拝みをするオバァがいたのさ。てっきりユタかと思ったけど、ここに御嶽はない。それで話を聞いたら、パイパティローマを偲《しの》んでいるって言うじゃないか」

日菜乃は息を飲まずにはいられなかった。

「オバァは言ったさぁ。パイパティローマに行ったことがあるって。私は笑ったよ。いくら私が無学でもこの島の先に島なんてないってことはわかる。ここは八重山でも一番南の島だって子どもでも知っているさぁ」

「そうよ。ここより南に島があるなら、なんであそこに日本最南端の碑があるのよ」

と日菜乃が指で示した。碑文で記してもらわなくてもこの景色を見ればわかる。同じ八重山諸島でも波照間島の海は際立って荒々しい。石垣島や竹富島の海は底に鏡でもあるかのように、海底が透けて見えるが、波照間島の海はインクブルーで底が見えない。しかも珊瑚礁《さんごしょう》がないために、打ち付ける波の激しさは外洋のものだ。島の剝《む》き出しの断崖《だんがい》に爆弾のような波が間断なく打ち付ける。その苛烈《かれつ》さは瀑布《ばくふ》を逆さにしたようだ。大量の海水が天空に噴き上げている。

「私もそう思ったさぁ。でもオバァは言ったんだ。パイパティローマは夢のような場所だったって。労働の苦しみもなく、生活に追われる焦りもなく、争いもなく、差別もなく、みんな神様みたいに優しかったたって。そこで過ごした日々が忘れられないんだって」

オバァは深い溜息《ためいき》をついて一筋の涙を零《こぼ》した。

オバァも行ってきたんでしょ？」

「その通りの島だったさぁ。あんな場所がこの世にあるなんて思ってもいなかった……。人は穏やかで唄《うた》と踊りが上手で、みんな優しかった。パイン工場で奴隷のように働いていた日々が嘘みたいだったさぁ。私は死ななくてよかったたって心から思ったさぁ」

「天女とかいるの？」

「違う。パイパティローマの人は私たちと変わらない。家も食べ物もよく似ていたねぇ。沖縄の島のひとつだと思ったさぁ。でも、人の温かさが違うんだよ。みんなこんな私を温かく迎えてくれたさぁ。お金もないのに、食べ物を与え、家を与え、寂しくならないように唄を歌ってくれた。あんなに優しくされたことは、これまで一度もなかったねぇ」

「そこにはどうやって行くの？」

「時期があるんだよ。南十字星が見える今の季節、一晩だけ波が収まる夜がある。そのときに船を出せば海流でパイパティローマに行けるのさ」

オバァが指さす海は激しくうねっていた。日菜乃はこの一年、島でそんな穏やかな海を見たことがない。定期便の船ですら時化《しけ》のときは欠航になるほどのうねりなのだ。

「この海はパイパティローマに行けないように、神様が阻んでいるんだろうねぇ。毎年、毎年、島に来て静かな海の日が来ないか待っているんだけど、五十年間見たことがないさぁ。私の運もそこで尽きたんだろうねぇ」

「オバァはなんで帰ってきたのよ。ずっとそこにいればよかったじゃない」

するとオバァは沈黙して鼻水を啜《すす》りながら泣いた。

「……掟《おきて》を破ってしまったさぁ」

「掟？」

「そうパイパティローマにはひとつだけ掟がある。島の男と恋をしてはいけないのさ。もし逢瀬《おうせ》を見つかったら追放されてしまうんだよ。私はある青年と出会い、生涯にひとつだけの恋をした。そしてパイパティローマから追放されてしまった……」

「そりゃあお気の毒に」

「あそこの人たちとうまくやりたかったら、疑う心を持っちゃいけないんだよ。厚意はありがたく受け取って、感謝だけを心に生きていくんだ。それがどんなに気持ちのよいことか。追放された後、私の住んだ島はみんな人を疑って、嫉妬《しっと》して、足の引っ張り合いばかり。たったひと口の餅《もち》を百人で奪い合う鬼畜の世界に戻されたさぁ。あんただってわかるだろ？　ここがどんなに薄汚い世界なのか」

そう言ってオバァは苦虫を噛《か》んだように顔を顰《しか》めて唾《つば》を吐いた。

「あたしはこの世界の最底辺の代表みたいなものよ」

と日菜乃もオバァの真似をして唾を吐く。

「貧乏くじを引く者は一生引き続けるのが運命だよ。なまじ希望なんて抱かない方がいいさぁ。私の人生はその後、貧乏くじばっかりさぁ」

「それは、もう知ってるから大丈夫よ」

オバァは風呂敷《ふろしき》にビンシを包み直し、代車の自転車に乗った。

「もう私はここに来ないよ。パイパティローマは一生に一度の思い出にするさぁ」

サトウキビ畑を自転車でのろのろ走っていくオバァは、途中で何度か海を見つめては駐《と》め、そのたびに「忘れないよぉ」と海の彼方《かなた》にむかって声をかけた。

波照間島の夜は風と波の音に包まれる。まるで大海を漂流する島のように、風に嬲《なぶ》られ、波にもまれ寄る辺なく漂っているようだ。八重山諸島の家族からも隔絶されたこの島は、沈黙が相応《ふさわ》しいと日菜乃は思う。

日菜乃は昼間に会ったオバァのことを考えていた。パイパティローマなんて迷信を信じちゃいないが、オバァの気持ちはわかる気がした。日菜乃は高校を出てから定職に就いたことがない。どこも不景気を理由に門前払いだ。同年代の子はみんな同じ思いだと自分を慰めていたら、同級生は次々と結婚し、子どもを産み、専業主婦の座をいとも容易《たやす》く得ていく。そんな選択肢があったかと目を向ければ良さそうな男はみんな妻帯者だ。残されたのは無職の島の男か、放浪癖のあるナイチャーか、またはスケベ爺《じじ》ぃの三パターンだ。

去年までバイトをしていたカラオケボックスの経営者が日菜乃にこう言ったことを思い出す。

「月十万でどうだ」と。

愛人に誘うなら、もっと上手に誘えと思う。どこの女が毎月十万のはした金で囲えるというのだ。速攻で断ったら「毎月十万払っているじゃないか」と返された。そのとき日菜乃は自分の価値を思い知らされた。バイトで稼ぐのと同じ額で愛人をやれと言われたのだ。もっと悔しかったのが、辞めますと啖呵《たんか》を切ったら、文無しになってアパートの家賃すら払えなくなってしまったことだ。正論で堂々と渡り合ったのに、オヤジのカラオケボックスはますます繁盛し、日菜乃は女ホームレス一歩手前だ。しかも親からは「おまえは何をやっても長続きしない」と呆《あき》れられた。日菜乃は自分が人生の漂流者だと感じる。だからこの漂流する島にやってきた。

「パイパティローマか……」

オバァの言葉が気になって、世界地図を眺めた。「果てる場」と呼ばれるだけあって、波照間島は八重山諸島最後の砦《とりで》のように太平洋に浮かんでいる。この南の先は五百キロメートル以上、何の島もない。次の島はフィリピンのイトバヤット島とあった。どんな島なのか見当もつかないが、パイパティローマじゃないことくらい日菜乃にもわかった。

祖父の貴久がテレビの音量をあげた。

「オジィうるさいよ。娯楽がない理由をなくさないで」

「日菜乃、おまえはどうしていつもワジワジーしているんだ」

「あたしをワジワジーさせるのは世間なの。みんなあたしを馬鹿にするから。同じように馬鹿にしてやるだけ。これってフェアって言わない？」

「そうやってワジワジーしているから大切なものが見えなくなるんじゃないか」

「また童話みたいな話して。本当の幸せは目の前にあったって教訓を言いたいんでしょ？　残念でした。あたしの目の前にあったのは、不景気と性差別と近親者の無理解。これのどこが大切なものなの？　一個だけ選んであげてもいいからどれがマシか教えてよ」

日菜乃の携帯電話にメールが入った。ひとりだけ着信拒否にしていなかった不幸仲間の結衣だ。

びっくりどっきりニュース‼
来年結婚することになりました。
日菜乃も式には来てねm(_ _)m

結衣の取り柄といえば、日菜乃より不幸なところだったのに、いつの間にこんな逆転を企《たくら》んでいたのだろう。結衣といえば自称サーファーのナイチャーに貢いで、ホステスになって、子どもを堕《お》ろして、浮気されて、殴られて、顔面骨折で全治二ヶ月の重傷を負って、治療費も自腹で、しかも潰《つぶ》れたサーフショップの連帯保証人にされ、そのせいで極貧になって、油性マジックでアイラインを描いていた哀れな女だったのに、逆転サヨナラ満塁ホームランを打つなんて信じられなかった。結衣の人生はゲームセットだったはずなのに。

「あたしの大好きだった結衣は死んだ……」

そう呟《つぶや》いて日菜乃は結衣のアドレスを着信拒否に設定した。最果ての地で静かな余生を送ろうとしていても携帯電話がある限り、日菜乃は追い詰められていく。いっそ基地局を爆破してやろうかと思った。繋《つな》がらない場所が日本にひとつくらいあってもいいのだ。

「沖《おき》ノ鳥島《とりしま》に行くか」

日菜乃は図鑑で沖ノ鳥島を調べて絶叫した。沖ノ鳥島は人がひとりやっと立てるだけの大きさで、チタン鋼とコンクリートの防波堤で固められた岩礁だった。携帯電話の基地局はないだろうが、一日も生きていられない場所だ。

「オジィ。パイパティローマって伝説知ってる？」

日菜乃はリモコンでテレビの音を下げた。

「あんなの子どもも騙《だま》せない迷信だよ」

と貴久は痛む脚に湿布を貼る。パイパティローマが信じられていたのは今から五百年もむかしの王朝時代だ。生きることの苦しさから逃れるために生み出された幻の島だ。

「じゃあ、海が凪《な》いでいるときってある？」

日菜乃は食い下がる。別に行きたくはないが、心のどこかに幻の島影を見たかった。

すると貴久は言った。

「数年に一度、あるかないかだな。その日は海人《ウミンチュ》でも船を出さないんだよ」

「なんで？」

「必ず遭難するからさ。穏やかに見えても急に時化《しけ》て誰も帰って来られなくなるからだ」

数年前まで海人を営んでいた貴久だけに、重々しい言葉だった。腕のいい海人だった貴久でもその日だけは、決して海に出なかった。漁に出た者はどんな最新鋭のエンジンを積んだ船でさえ、戻ることはなかった。

――そんなときがあるんだ。

風と波の音は島の呼吸のように間断なく聞こえてくる。暴風では驚かないが風が凪いだら異常事態だ。ましてや波がやむなんて想像できない。この島は人が外に出ていけないように仕組まれているとしか思えない風土だった。

「明日は八重山病院で定期検診を受けるから、しばらく留守にするよ。ほしいものがあれば何か買ってきてやるが」

「いい。オジィのセンス最悪だから」

生活雑貨は石垣島で調達するしかないこの島で、たまの外出は物資補給をかねている。いつか貴久にリンスを買ってきてと頼んだら、シャンプーを買ってきた。また、可愛いテーブルクロスを頼んだら、幼児向けのアニメキャラクター入りを買ってきた。ミュールを頼んだのに、便所サンダルを渡された日にはブチ切れた。しかし代わりのものはないので、今も日菜乃の外履きになっている。便所サンダルで観光客を迎える気分といったら最果ての女の気分だ。これでワジワジーするな、と言われても困る。

「ちょっと散歩してくる」

街灯もない暗い夜道だが、絶対に安全だと保証できるのは、この島にはハブがいないからだ。八重山諸島にはハブの生息する島とそうでない島が交互にある。隆起の順番のせいだと専門家は言うが、日菜乃は貧富の差と思う。ハブのいる島は自然の恵みが豊かで、いない島はたいてい貧しいからだ。

サトウキビ畑が風にうねる音は潮騒《しおさい》に似ている。葉先だけを揺らす優しい音は、珊《さん》瑚礁《ごしょう》に守られた八重山諸島の海の音だ。この自然の優しさが波照間島にだけ、ない。

日菜乃の自転車が曲がり角で止まる。最近できた目印が『美ら《ちゅ》島リゾートホテル建設反対！』の横断幕だ。この横断幕は日菜乃が率先して書いた。日菜乃の仕事がない理由をなくされたくない必死さが滲《にじ》み出た荒々しい字だ。

この島の売りのひとつが、日本で唯一南十字星が見える天文台があるということだ。見えるといっても南半球の星座だから、ぎりぎり水平線上にあるといったところだ。南十字星の見える高那崎《たかなざき》まで来たら島の南端だ。

日菜乃は自転車を駐《と》め、芝生に寝転がってみた。

自分のやってることは所詮《しょせん》、逃避だと知っている。受け入れてもらえる場所なんて努力しないと見つからないのも知っている。だけど逃げるしかないときだってあるのだ。それは追い詰められたことがある人しか知らないし、そういう経験のある人はたいてい黙っているから、ポジティブな論理しか人の耳には入らない。ネガティブな論理で励まされる人だって半分くらいはいるのに。最果ての地に漂流してみたけれど、ここもそれほど快適ではなかった。

「もう余生なんだから、ポジティブなことなんていらないもん」

と嘯《うそぶ》いて頭上に広がる星空を見た。恐ろしいほどの晴天で背中の芝生の感触がなければ宇宙の真ん中に放り出されたような浮遊感がある。まるで自分が宇宙を漂っているような孤独な感覚だった。

「あたし寂しいよ……」

日菜乃の頬に流れ星のような一筋の涙が流れた。涙を拭《ぬぐ》って水平線を見たとき、闇の切れ目に一際特徴的な星が四つ見えた。

「あれが南十字星かしら。なんて綺麗《きれい》なんだろう」

宗教的な厳かささえ感じさせる南十字星が、水平線上に灯《とも》っている。まるで自分の孤独をわかっているかのようだと日菜乃は思った。

「あの星の向こうにパイパティローマがあったらいいのに……」

と呟いたときだった。日菜乃の耳に吹きつけていた風が止んだではないか。初めて聞く島の無音状態に日菜乃は身を強《こわ》ばらせる。

「島が息をしていない」

電気の明かりさえない完全な闇に、頼りになるのは音だけだ。その音が止み日菜乃は恐る恐る音に代わる手がかりを探すように、芝生を撫《な》でた。まるで掌だけが正気のようだ。耳がおかしくなったのかと「あーっ」と声を出す。無意識に風を押しのけて発声する癖がついていたようだ。思いの外大きく聞こえて自分の声に驚いてしまう。それで喉《のど》が正気を保っていることはわかった。日菜乃は唄《うた》なら助けてくれるかもしれないと思った。

祖平花《シイビラバナ》道から
嘉例吉《カリユシ》ぬ道から
誰《タル》ぬ主どぅ　ちぃかしぃ
じりぬ親どぅ　御供しい
我島主《バシマシュ》どぅ　ちぃかしぃ
村ぬ親どぅ　御供す
ばん女童《ミヤラビ》　側から
ゆし乙女《ミヤラビ》　後から
片手しゃ　酌取り
くぬ手しゃ　首抱ぎ

(祖平花の道から
素晴らしい道から
何というお役人を案内しますか

何方様のお役人をお供しますか
村の首里大屋子様をご案内します
村の親役様でございます
介添え役の少女が付き添いましょう
寄り添った乙女は後ろにつきましょう
片手ではお酌しながら
お役人様は乙女の首を抱きつつ受ける）

島の恋唄の「祖平花節」を口ずさみながら日菜乃は風の吹く場所を探す。唄の風だけでも生み出さなければ。そして日菜乃は岸壁まで来て目を疑った。爆撃音ともつかない音を立てていた海が完全に沈黙しているではないか。これは海ではない。砂漠の音だと日菜乃は思った。

「本当にこんなことがあるんだ……」

人を阻んでいた波飛沫《しぶき》がなくなると、水平線の彼方《かなた》に星が島影のように並んでいた。あれがもしかしたらパイパティローマなのではないか。目を凝らせば凝らすほど、ごく近くに明かりがあるように見える。うっすらと白い山の稜線《りょうせん》、港の明かり、そして町の灯。初めは騙《だま》されているのではないかと疑ってかかったが、見れば見るほど島の明かりに見える。たとえば竹富島から石垣島を眺めるときに映る夜景にそっくりだった。船なら三十分もかからない距離だ。

「星なんかじゃない。あれは島よ。見つけたわ。パイパティローマ！」

日菜乃はそう思うや、すぐに港に向かって自転車を漕《こ》いだ。貴久の船は急患などの緊急時のために燃料を入れてあるはずだった。船の操舵《そうだ》法を知っていた日菜乃は、迷わずエンジンをかけた。

鏡のように静かな海を船が走っていく。水面は星空を映し出し、まるで宇宙を航海しているような気分だ。日菜乃は不思議と怖い気はしなかった。目指すものはごく近くにあった。パイパティローマの明かりは船を走らせるたびに確かな明かりとなっていった。

「あそこに行けば、なんとかなる。そこであたしはもう一度、ちゃんと生きたいの！」

スロットルを全開にして、船首を仰け反《の ぞ》らせ、海面をバウンドしながら走っていく様は、乗馬のギャロップのようだ。燃料も三往復は軽くできるくらいある。何も不安はないと日菜乃は舵《かじ》をしっかりと握った。

船を走らせて十分ほど経ったころだろうか。舵が急に重くなり船足が落ちてきた。夜目にもはっきりわかるほど波頭が立っている。日菜乃は速度を落として様子を見ることにした。すると大地震にでも遭ったかのような激しい揺れが船を襲ったではないか。同時に黒い雨雲が湧き立ち、パイパティローマの島影を掻《か》き消していく。甲板に打ち付ける波、そして雨と風、船は大嵐に巻き込まれてしまった。三階から落ちたような落下感を数度体験し、背中を激しく床に叩《たた》き付けられた。それでも舵は離せない。船は斜め四十五度に傾いている。今度の落下は五階から落とされたようだ。窓ガラスに頭を打ちつけ目が開けられなくなった。立ち上がろうとしてもどこが下なのかわからない。目にこびりついた血を拭ったとき、日菜乃の目の前に巨大な三角波が迫っているのが見えた。

「助けてえっ！」

巨大な波に舳《へ》先《さき》を折られ、操舵室ごと波に呑《の》まれた日菜乃はそこで意識を失った。

翌朝、日菜乃は見知らぬ土地の浜辺に打ち上げられた。絹のように滑らかな砂浜はほどよい寝心地を与えてくれた。アダンの実の優しい香りに鼻をくすぐられた日菜乃が目を覚ます。顔の側をきれいな貝殻を纏《まと》ったヤドカリが通りすぎていく。

「ここはどこ……？」

恐怖で気を失ってから一転、目の前に広がる穏やかな景色はどうだろう。オオゴマダラの蝶《ちょう》の群れがまるで花束のように飛んでいくのを非現実的な思いで見つめた。浜辺は濃密な甘い香りに包まれていた。

浜に人影が現れた。日菜乃が漂着して怪我を負っていると知るや、その男は駆け足で近づき、深い哀れみの瞳《ひとみ》で日菜乃に手をさしのべた。

「大丈夫ですか？　怪我はありませんか？」

青年の手際のよさは素晴らしかった。日菜乃が頭から出血していると気づくや、すぐに自分のシャツを破り、包帯をつくってくれた。忙《せわ》しない病院で無造作に巻かれているのとは違う、温かく思いやりのある手際だった。

「遭難したんだね。どこから来たのですか？」

日菜乃は質問に答えられない自分にびっくりした。意識はあるのに自分の名前がわからないなんて気味が悪かった。目も見える口もきける耳も聞こえる、体は打撲の痛みを訴える。感覚は全部揃っているのに、頭のなかだけ空白にされてしまったようだ。

わかっている言葉を探して口をついたのが、

「パイパティローマ……。ここはパイパティローマ？」

だった。

見た目よりも深手を負っていると気づいた青年は、日菜乃を抱き上げ車に乗せてやった。

「船の破片が浜辺に打ち寄せられていたよ。昨日は猛烈に時化《しけ》たからね。少し休んだ方がいい」

その言葉に安心した日菜乃は車窓の景色を漫然と見つめた。こんな穏やかな景色を見るのは初めてだ。日差しが優しく、力強い花々が沿道を覆い尽くすように溢《あふ》れている。そして空のなんと透明なこと。風が空高くまで吹き上げているようだ。

ハンドルを握った青年が、子どものように景色を眺める日菜乃を見て笑った。

「俺はリョウ。ここで蘭の栽培をしている」

そう言ってハンドルを切り、自分の農園へ案内した。原生林を抜けた先に広がる蘭農園に日菜乃は息を飲んだ。見渡す限り蘭、蘭、蘭だ。胡蝶蘭《こちょうらん》、デンファレ、カトレア、デンドロビューム、パフィオ、どれも市場で数万円はする一級品ばかりだ。視界一面を蘭が覆い尽くす様は昆虫の群生を彷彿《ほうふつ》とさせた。どれも今にも動き出しそうな躍動感だ。そして空気を圧迫するシナモンのような強い香りは、脳天を痺《しび》れさせた。

日菜乃が見たことのない蘭に目を留めた。鮮やかな黄金色の花弁に、優しいピンクのリップが目を惹《ひ》く。豪華さと上品さのバランスが絶妙な蘭だった。これは品種改良などというレベルではない。明らかに意図されて生み出された美だ。

「それはうちでかけあわせた新種の蘭だよ。名前はまだつけてないんだけどね」

とリョウが説明する。日菜乃が自分の方を見てくれないものだからリョウは鉢ごと抱えて、

「気に入ったんだったらあげるよ。少しは気持ちが落ち着くだろう」

と日菜乃に渡した。日菜乃は黄金色の蘭を膝《ひざ》に抱えながら確信した。自分は逃げ出すように船に乗り、新天地を目指したことだけはわかっていた。目指したのは南の果て、そう――。

――ここはパイパティローマだわ。

リョウは温かいスープを用意した。疲れ果てた日菜乃の体に染みる優しい味だった。出されたバゲットはもっと一級品だった。レーズンとチーズの食感が食欲をそそる。

「それ母さんが焼いたんだ。口に合うかな？」

とリョウが一口囓《かじ》って、日菜乃の顔色を見る。その仕草がちょっと子どもっぽくて

日焼けした精悍《せいかん》な顔立ちとミスマッチだった。

「美味《おい》しいわ。本当に美味しい。……ありがとう」

と日菜乃は笑った。瞬間、最南端の碑で会ったオバァの言葉が蘇《よみがえ》る。オバァの言う通り、パイパティローマは沖縄の暮らしとよく似ているが、人の温かさが違った。リョウの父親が日菜乃が記憶喪失かもしれないと聞いて、三線《サンシン》を奏でてくれた。

「無理して思い出さなくていいよ。気持ちをゆったりさせていればじきに思い出すからね」

親神ぬ　御蔭に
守りやすぬ　みぶきん
今年世ば　稔らし
来《ク》夏世《ナツユ》ば　実きらし
家数　蔵満ち
煙数《キブリカジィ》　しら並み
稔りんで　豊《ティユ》まれ
実ぎりんで　名取られ

たるたるどぅ　豊まれ
じりじりどぅ　名取られ
司きやどぅ　豊まれ
手ずるきゃどぅ　名取られ

（創世神のおかげで
守護神の御慈悲で
今年は豊作でした
来年も豊作でありますように
家の蔵も作物に溢れ
竈《かまど》の煙ものぼり
豊年の世と評判だ
満作の世と名が高い
祝女たちが誉められた
神女たちが称《たた》えられた）

ごく普通の三線好きのおじさんだと高をくっていたら、刮目《かつもく》すべき美声ではないか。木管楽器のような優しい歌声は、日菜乃の耳を慰撫《いぶ》するのに十分だった。すぐにでも三線の世界で名を馳《は》せることができるだろう。日菜乃は声の心地よさに固くなっていた心をほぐされる思いがした。

こんな身寄りのない自分に、彼らは見返りを求めずただ一心に施してくれる。その優しさに胸が震えた。

「ありがとう。本当にありがとう……」

「さっきからそれしか言ってないよ」

とリョウは笑うが、日菜乃はその言葉以外に気持ちを表すことができない。しばらくしてリョウの知り合いたちが日菜乃に様々なものをもってきてくれた。可愛らしいブラウス、自分が履くつもりだったのだろうまだ箱から出されていないミュール、打撲の痛みを和らげる湿布、小さな女の子がホウセンカを潰《つぶ》して日菜乃の指にマニキュアをしてくれた。それは今まで彼女が使ったどんなブランドのマニキュアよりもきれいな色をしていた。

「あたし、どうやって皆さんにお礼をしたらいいのかわからない……」

するとリョウはこう言った。

日菜乃は恥ずかしそうに俯《うつむ》いて、そっと笑った。その顔を子どもたちが覗《のぞ》きこんで嬉《うれ》しそうにはしゃぐ。本当にこんなに純粋な人たちがいる島がこの世にあったのだ。彼らは紛れもなく人間だが天上界の精霊のような魂の持ち主だ。そしてパイパティローマの自然の恵みは、豊年の世だった。黒糖、泡盛、マンゴー、そして魚介類。どれも新鮮で瑞々《みずみず》しい。

「あたし、ここでなら素直に生きていけそうな気がする」

オバァの言う通り伝説の桃源郷・パイパティローマは実在した。彼らは島を愛し、唄《うた》を愛し、雨を愛し、毎日を感謝しながら生きている。日菜乃は彼らの振るまいを真似するだけで幸せになっていくのを実感できた。

日菜乃はリョウの家族の厚意に甘え、用意してくれた部屋で感謝を抱きながら過ごした。

その夜、日菜乃は夢を見た。黒い煙に包まれた女が恨み深そうにこちらを見ている。ピリピリした女の雰囲気に怖《お》じ気づき、目を逸《そ》らそうとした。すると女はこう言ったではないか。

「日菜乃、感謝なんかやめてよ。そんなのあたしじゃないっ！」

日菜乃はその言葉で目を覚ました。

「あたし、日菜乃だったわ……」

しかしこれ以上、何かを思い出すのが怖くなって、日菜乃はまた布団に潜り込んだ。

次の日のことだ。日菜乃は農園でリョウの姿を無意識に探している自分に気づいた。蘭が咲き乱れる農園は空気を押し返すほどの香りでいっぱいだった。

「俺はここにいるよ」

と声がして振りかえると、リョウが蘭のブーケを抱えて日菜乃の後ろに立っていた。どの蘭も島の人の笑顔を思わせるような花ばかりだ。そのブーケを受け取ったとき、日菜乃は切なくなるほどの胸の痛みを感じた。と同時に記憶のひとつが蘇る。それは彼女の幸福を破壊する禁断の掟《おきて》だった。

『パイパティローマの人と恋をしちゃいけない』

日菜乃はオバァの声を思い出し、咄嗟《とっさ》に逃げ出してしまった。

「どうしよう。あたしリョウが好きになっちゃったみたい」

心配したリョウが追いかけてくる。嬉しいのだけど恐ろしい。日菜乃はオバァのようにパイパティローマを追放されて惨めな人生を送るなんて嫌だった。五十年間、この島を胸にヘドロのような人間界で生きるくらいなら、この恋心は捨ててしまうべきだと思った。

日菜乃はサトウキビ畑の森に飛び込んで逃げる。頭上を覆う葉の森がざわざわと割れていく。そのすぐ後ろをリョウの声が追いかけてくる。

「ごめん。もっと時間をかけてからにするべきだったね」

「リョウごめん。あたし受け取れないの」

「どうしてだい？　俺はいつも人に感謝するきみが好きなんだ。名前なんてどうでもいいじゃないか。思い出すのが嫌ならここにずっといればいい。俺がきみを一生守ってやるから」

サトウキビ畑の緑の梢《こずえ》からチラチラとリョウの影が見え隠れする。日菜乃は右に左に葉を掻《か》き分け掻き分け逃げていく。そしてリョウの気配を振り切った。

「よかった。逃げられたわ」

と安堵《あんど》した瞬間、リョウが日菜乃の腕を摑《つか》んで「みーつけた」と白い歯を零《こぼ》したではないか。

「もし俺のことが嫌いなら謝るからさ」

「違うの。そうじゃないの」

「じゃあ、好きだと思っていいかい？」

日菜乃が涙目で俯くと、リョウは日菜乃の背中に腕を回して口づけをした。熱い吐息で日菜乃の耳はすぐにホウセンカのように赤く染まった。日菜乃は掟のことは一分間だけ、忘れることにした。

「あたしもリョウが好きなの」

まだ人に見つかったわけじゃない。ここはサトウキビの森の中だ。人もハブも誰も見ちゃいないということだけが唯一の安心だった。これからこの森のなかで逢瀬《おうせ》を重ねれば人に見つかることはない。パイパティローマから追放されたら、日菜乃は居場所のない人生を送ることになるだろう。なによりもリョウと離れて余生を生きるなんて拷問だった。

それから日菜乃とリョウはサトウキビ畑で密会を続けた。月の晩、そっとふたりで家を抜け出し、緑の海で愛し合った。潮騒《しおさい》がふたりの荒い息を掻き消してくれるから、声がだんだん大きくなっていく。リョウはここじゃ落ち着かないと言って外に誘うが、日菜乃は頑として拒んだ。

また次の晩もふたりはサトウキビ畑に入る。葉がお互いの裸を隠して服を着ているときよりも見えない。葉の隙間からリョウの背中が見える。日菜乃の白い脚が見える。お互いに手探りで探し当ててやっと顔を見つけ唇を重ねた。

その間、ずっと日菜乃が思っていたのは「追放」という二文字だった。

「リョウ、あたしがこの島を去っても忘れないで」

「どうしてだい？　きみが島を去るならぼくも一緒に行く。農園も家族もみんな捨ててきみと一緒に行く」

「ダメよ。あたしの住む世界はあなたのような純粋な人が一日も生きていけない場所なのよ」

日菜乃がリョウの背中に脚を絡めて目を閉じた。

「どんな薄汚い場所だってきみと一緒なら平気さ」

リョウが日菜乃を抱えてサトウキビのなかを転がる。ふたりが倒した黍《きび》が轍《わだち》のように長々と連なっていく。大蛇がのたうち回ったような跡はパイパティローマに現れたハブだ。禁断という毒で男女を痺《しび》れさせる蛇だった。日菜乃は何度もリョウを求め、ふたりは体中にサトウキビの甘い樹液をまぶしながら転がった。

お互いに息を切らせて星空を見上げると、日菜乃は無性に泣けてくるのだった。

こんなこと、いつまで続けていられるのかしら――？

心のどこかでそう甘くはないと良心が警告する。確かにこんな生活を何年も続けるなんて無理だ。いずれ見つかり、追放される日が来るのはわかっていた。せめて追放された後、思い出を忍んで暮らすよりもリョウとの間に子どもを身籠《ご》もっておきたい。それが日菜乃がパイパティローマで過ごした唯一の絆《きずな》になってくれるだろう。

「リョウ、あなたの子どもがほしい」

そう言って日菜乃はまたリョウの体を求めた。

しかし幸福は長くは続かなかった。リョウはサトウキビ畑に行く途中で我慢ができなくなり、神殿の森で日菜乃を求めたのだ。日菜乃はあと少しだけ我慢してと拒んだが、体はリョウを求めて既に濡《ぬ》れていた。

「静かに。静かにね」

と日菜乃はリョウにされるがままに抱かれていく。初めて筒抜けの裸体を闇に晒《さら》した日菜乃は、これがリスキーなことだと肌で感じた。今までサトウキビの葉の衣で護《まも》られていたのに、もう隠せるものはない。怖いから日菜乃はリョウの体を纏《まと》って身を護った。

ふたりは御嶽《ウタキ》で明けが迫ってくるのを忘れて求め合った。そのときだ。島の神官の女が愛し合うふたりを見つけてしまった。

「おまえたち。こんなところでなにをやっているのだ!」

日菜乃はその声で全てが終わったことを悟った。泣くとばかり思っていたのに、日菜乃はくすっと笑った。そう、こうなることは初めから全部わかっていた。全て承知の上でやったことだった。

「あたしの人生らしい……かな?」

隣でくすくす笑う日菜乃を見て、リョウが彼女の気が触れたのではないかと心配する。

「あはは。可笑《おか》しい。あはは。あははは」

せめて最後は自分の意思で去っていこうと日菜乃は思った。パイパティローマは噂通りの素晴らしい島だった。日菜乃はここで人の温《ぬく》もりを知り、感謝を知り、そして最愛の人と結ばれた。これ以上、なにが得られるというのだろう。パイパティローマに滞在したのはほんの僅《わず》かな間だけだったが、この思い出は決して褪《あ》せることはない。去った後、日菜乃は自分の現実をきちんと受け入れ、腐らずに生きていけるだけの糧は得たと思った。はっきりはしないが、最後の昂《たか》ぶりのときリョウの気持ちが体に宿ったのを感じたのだ。

「リョウ……。一生忘れないよ……」

そう言って日菜乃は服を抱えて駆けだした。日菜乃が向かったのは北にあるという港だ。罪人として流される前に自分の意思で去る。それがパイパティローマの人たちへの思いやりだ。

日菜乃は最後にパイパティローマの全てを目に焼き付けておきたかった。優しい花の香りのする島、愛し合ったサトウキビ畑、そして花火のような星空……。

「ありがとうパイパティローマ。あたしはきっと感謝の気持ちを忘れないよ」

農道の曲がり角に差しかかったとき、日菜乃はふと足を止めた。辻《つじ》にかかる白い布はどこかで見覚えのあるものだった。

そこにはこう書かれていた。

『美ら島リゾートホテル建設反対！』

この怒り狂った文字で日菜乃は完全に正気に戻った。

「まさかここは——？」

港に第一便の船が着く。

貴久がたくさんのお土産を抱えて下りてきた。

ここはパイパティローマが生きる島だ。

小浜島《クモー》

八重山諸島のなかで水平線を山で囲まれた島がある。まるで山間の湖に浮かんでいるかのような島は、小浜《こはま》島である。

小浜島は月にたとえられようか。西表島と石垣島の巨大島に挟まれ、その重力の均衡する場に座す。激しい波も、荒ぶる風も、ふたつの巨大島が阻んでくれるために、幼子のような風土を育《はぐく》んだ。

小浜島は山も川も浜も、八重山諸島の全ての島の特徴を備えながら小型化していた。もし手頃な島を人工的に造ることがあったら、小浜島のようになるだろう。全ての自然がコンパクト且つ効率的に配置されていた。

コンパクトで効率的なのはなにも自然だけではない。この島の産業もまた沖縄の最大公約数がコンパクトに凝縮されている。農業、漁業、観光業など、沖縄で見られる産業の全てがこの島に集約されている。無駄を廃したミニマルな美がこの島にはあった。

　島に住んでいる仲程照子《なかほどてるこ》は、自分の生活がコンパクトにまとまっていることに気がついていなかった。照子は島に嫁いで三十年が経つ。初めは見知らぬ島にひとり嫁ぐのは不安もあったが、三十年間一度も困ったことがない。普通離島では主婦のパート先がなくて困るものだったが、照子は歩いて五分のリゾートホテルで清掃業の仕事に就いた。パート先がなくて喘《あえ》ぐ他の島の事情に比べたら照子は格段に恵まれていた。

　働き出したのも生活のためではない。子育てが一通り終わり、お喋《しゃべ》り仲間がほしくて外に出る口実を作りたかったからだ。始めてから気がついたことだが、クリーニングの仕事は照子の性に合っていた。重労働だと敬遠される室内クリーニングだが、照子は家事となにも変わらないと思っている。テキパキと手を動かせば、労力の分だけきちんときれいになるのが掃除の楽しみだ。これが料理だと労力と味は必ずしも比例しないものだ。

　照子は四人の子どもに恵まれたが、普通の半分の手間で子育てを終えてしまった。この島では子どもと一緒にいられるのは中学までとなる。高校からは親元を離れ石垣島に進学する他ないからだ。中学を卒業するたびに、一人ずつ家を出ていく。そして去年、末の子が中学を卒業したのを機に、照子は母親業から離れることになった。

「なんでみんなすぐに大きくなるのかね」

と照子は口癖のように言う。子育ての苦労を覚悟したのに、煩わされた覚えがない。子どもたちがどこかで遊んでいても島から外に出ることは絶対にない、という安心感がそうさせた。島の小ささがちょっと広い庭のように思えた。

照子の勤めるリゾートホテルは、島の三分の一を占める。八〇年代を感じさせるリゾートホテルだが、不思議と風土となじんでいるのは、思想のコンパクトさからだろう。ダイビング、ゴルフ、ブライダル、南島楽園気分を短期間で味わえる十分な設備が整っている。他の島の観光が不自由を売りにするしかない戦略なのに比べて、この島の周到さは際立っていた。そこに偶然とは思えない島の意思を感じる。

島のよりコンパクトに効率的になろうという意思が照子の人生にも反映されていた。実にコンパクトな家族を営み、効率的に子育てを終えたからだ。照子は苦労することも辞さなかったのに。

ふたり一組で部屋をクリーニングするとき、照子は密《ひそ》かに「掃除のし甲斐《がい》のある部屋でありますように」と祈っている。部屋が汚れていればいるほど、掃除好きの虫が騒ぐ。

ペアを組む秀子とは長年の友人だった。秀子はこの仕事のせいで掃除嫌いになった。

曰《いわ》く「家に帰ってまで掃除したくない」のだそうだ。

最初の部屋を開けて秀子が絶句する。シーツも、枕も、ティッシュペーパーも、バスタオルもとぐろを巻いてベトベトに濡《ぬ》れていた。

「この部屋やりまくりだよ……」

新婚カップルの部屋ほど吐き気がするものはない。一体どうすれば部屋全体を公衆便所にできるのか。これだけの水気を吐き出せばきっと体はミイラになっているのではないだろうか。

照子はテキパキと片付け始める。その手際のよさは無駄がない。シーツを丸ごと抱えてカートに押し込み、戻るときには掃除機のスイッチを入れている。歩く側からみるみるうちにきれいになっていく様は、時間の逆戻しのようだった。真新しいシーツでパリッとベッドを包むと、ラッピングされたプレゼントのようになる。

「相変わらず照子の仕事は見事だね」

「私、お義母《かあ》さんからも掃除だけは誉められたのよ」

掃除する人間には二種類いて、ある者は快感を得、ある者は苦痛を強いられている。

照子は弁が立たない代わりに、自分のいる空間で気分を示していた。

ホテルのチェックインまでの間にクリーニングを終えれば、照子にはもうすることがない。二時までにすべての仕事を終えてしまう、効率の良さ。友達と詰所でお喋りして時間を潰《つぶ》すのが今の照子には一番の充実だった。

五十代の主婦のお喋りといえば、近所の噂と家族の愚痴と相場が決まっていた。グループのまとめ役の秀子はいつも変わった話題を振る人間ワイドショーだ。

「この前、和代と石垣島に行ったときにさあ。有名なユタの家に行ったんだよ。そしたら和代はユタに『家族がバラバラになる』って言われたのさあ。私もまさかって思ったよ。和代のところは家族の絆《きずな》が固いからねえ。だけどさ――」

と秀子が顔を近づけろと女たちを指で誘う。

「和代の長男が車で人身事故を起こしたんだよ。幸い命には別状なかったからよかったんだけど、自動車保険に入ってなかったんだってさ。相手に怪我させて車を潰したんだから、全部賠償しなきゃいけなくてね。畑と屋敷を手放したんだってさ」

「和代、可哀相にねえ」

「で、ユタの言う通りになったから、怖くなってさ。どうして和代にそんなことが起こったのかって改めて聞いたのさ。するとユタは先祖供養がきちんとなされていないからだって。怖いねえ」

秀子が聞いてきた話によると、先祖供養がなされていない家は、その兆候が主婦に出るらしい。ふと虚無感のようなものに襲われたり、なにか喪失感のようなものを感じたりするのが最初の兆しだそうだ。

「マブイ（魂）落ちみたいなものかしらね」

と照子が口を挿《はさ》む。マブイ落ちとは一種の心神喪失状態で、沖縄ではそれを魂が落ちたとみなす。また先祖供養に粗相があるとそういう不可解な現象に巻き込まれることが、ままあることは知っていた。

「和代はちょっと前からおかしかったんだよ。私が声をかけてもぼうっとしているし、何か悩んでいるのかって尋ねても、悩みなんてないって言うんだよ。ただ最近、心がぽかんとしているときがあって、何かが漏れているんだけど何なのかわからないのが気になるって言ってたねえ。ユタの言ってたのはそのことじゃないかしら」

と秀子は茶菓子をもりもり食いながら、まだネタはあると息巻いた。

「先祖供養っていったらさあ。私の大姑《しゅうとめ》の五十年忌をしろって言われてさあ。嫁ぐ前の人のことなんか知ったこっちゃないから、無視することにしたんだよ。そしたら見てこれ！」

と秀子がまた顔を近づけろと合図する。秀子は立ち上がってスカートを勢いよく捲《まく》った。秀子の尻《しり》には奇妙な痣《あざ》があった。

「なにこれ！」

とみんなが目を丸くする。見ようによっては人の顔のようにも見える。

「人面瘡《じんめんそう》だってさ。よく見たら大姑の写真にそっくりだよ」

秀子は祟《たた》りすらネタにして笑うつもりだ。ただ尻に変な顔がついているのも気持ち悪いから、渋々五十年忌法要をすることを承諾したそうだ。

「五十年で終わりかと思ったら、七十五年忌とか百年忌とか二百年忌まであるんだってねえ。さすがにそこまで私は生きていないから、五十年忌で終わらせてもらうけどね」

「秀子は和代みたいにマブイ落ちしなかったの？」

と照子が尋ねる。

「そう言われるとあったかも。最近、ふと自分がこの場所にいないような錯覚みたいなものを感じることがあったねえ。旦那《だんな》の顔を見て、この人こんな顔してたかしら？みたいな……」

「あるあるそういう感覚」

「じゃあ、あんたも祟りがあるかもよ」

と言って秀子は仲間をいじくり回した。照子は最近、家族との時間よりも女友達とのお喋《しゃべ》りの方に現実感を覚える。すべては平和すぎる風土のせいだ。たとえば、この海だと照子は思う。

百色の碧《あお》いステンドグラスを鏤《ちりば》めたような色は、ずっと眺めていると神経がやられそうになる。これが人工的な配置だったら制作者の意図に沿って思考を安定させることができただろう。しかし神が無造作にガラス片を投げたせいで人智を超えた思考を強いられる。何を伝えたいのか、人ひとりの人生では到底理解できなかった。しかもこの光景は三百六十度、島のすべてに見られる。風土ではなく、オーロラのような極地で見られる自然現象に思えてならない。

照子はこの海を見ることを意識的に避けた。見ればいちいち深遠なる問いかけが聞こえて煩わしいからだ。

一瞬、油断した照子が海と目を合わせてしまった。

『もし苦労することがあったら、いつでも実家に帰ってくるんだよ』

という照子の母の声が蘇《よみがえ》った。その母も五年前に死んだ。

ある程度の覚悟で嫁いできたが、逃げるほどの苦労はなかった気がする。強いて挙げると姑との関係だが、家のしきたりや島の祭祀《さいし》の方法で手際の悪さを指摘されることはあった。しかしそれは照子が知らないせいで起きたことであり、特別陰湿に感じたことはない。

照子はぼそっと海に呟《つぶや》いた。

「お母さん、私はそんなに苦労はしませんでしたよ？」

普通、そんな台詞《せりふ》は胸を張って言うものなのに、照子は疑念を含ませている自分に気がつく。果たして本当に苦労はしなかったのか、ただお気楽な性格ですべてを水に流してしまったせいではないか。もしかしたら、もっと感じるべきことがたくさんあったのに、日々の生活にかまけてきちんと心に受け止めていなかったのではないか。

照子は不安を抱えたまま家に戻った。

家のなかに照子の心の拠《よ》り所がある。台所に祀《まつ》ってある火《ヒ》ヌ神《カン》だ。香炉と花器とお茶しか置いていない簡素な作りで、これが家を守る最高神のものとは思えない。火ヌ神は男系の女子が受け継ぐ神とされ、家族に関する願いは必ず火ヌ神から立てる。男はトートーメーと呼ばれる先祖の位牌《いはい》を受け継ぎ、女は火ヌ神を代々受け継いでいく。

照子の火ヌ神も姑から受け継いだものだ。照子と姑の関係はごく平均的に煩わしく、それなりに平和だった。姑は火ヌ神の扱いに関しては特に口うるさかった。照子の子どもたちが反抗的な態度を見せると、それは火ヌ神の拝みが足りないからだと叱ったものだ。逆に火ヌ神さえきちんと拝んでいれば、多少のうっかりは笑って見逃してくれた。

火ヌ神の拝み方は実に簡素だが、してはいけないことが山ほどある神だ。たとえば、火ヌ神の前で泣いたり、怒ったりしてはいけない。みっともない恰好《かっこう》で火ヌ神の前に立ってはいけない。火ヌ神の周りを汚してはいけない。火ヌ神の前で愚痴を零《こぼ》したり、悪口を言ってはいけない。不浄な焚《た》き物をくべてはならない、など挙げていくときりがない。タブーに抵触せずに拝みを立てると願いは必然的にエゴを排したものになる。

「子どもたちがみんな健康でありますように――」

十二本と三本という形式で立てた線香は、最大の敬意を払うという意味だ。台所の火ヌ神に立てた線香が静かに煙を立てていく。

「あれ？　どうしたのかしら」

ふと香炉に目をやると、灰が膨らんで溢《あふ》れだしているではないか。きれい好きの照子が管理を怠るはずなどなかったのに、灰が倍に増えている。

火ヌ神の兆しは家族へのメッセージだ。誰かの身になにかが起きている。今日、秀子が面白おかしく聞かせた祟りの話が照子の背筋を寒くした。

「お義母《かあ》さんはこういうとき、どうしたのかしら？」

照子は記憶を遡《さかのぼ》る。姑は霊感がないのに、火ヌ神のメッセージを的確に理解する術《すべ》を心得ていた。たとえば親戚《しんせき》の誰かが不意に亡くなるとき、ユタよりも早く予言したものだ。姑はこう言った。

「必ず家のなかに兆しが現れるさぁ」と。

叔父が交通事故で亡くなるとき、火ヌ神が先に告げ、それを受け取った姑は家中をひっくり返して誰の身に起こるか調べた。そして見つけた。アルバムの中の叔父の写真の一枚が変色していたという。

照子は家のなかを調べあげることにした。

「早智子《さちこ》、仁司《ひとし》、麻理《まり》、大輔《だいすけ》!」

薄暗がりの家は熱気の籠《こ》もった空気だけが気だるく漂っていた。亭主の伸行《のぶゆき》はまだ帰宅していない。照子は家がこんな間取りだっただろうかと冷静に見つめた。昨日よりやけにコンパクトに感じるのは気のせいなのか。長男の仁司の部屋は奥にあったはずだが、より手前にあるように思える。仁司が反抗期の頃は砦《とりで》のように幾つもの防塁があった。あそこに逃げられたら、ちょっとやそっとでは開けられなかったことを思い出す。照子は当時の気分で、

「仁司開けなさい!」

と勢いよくノブに手をかけた。すると指先の力だけで呆気《あっけ》なく開いたではないか。ドアはこんなに軽かっただろうか？

長女の早智子の部屋は仁司の隣だった。むかしはこの部屋からCDラジカセの音が一晩中響いて眠れなかったものだ。

「早智子、うるさいよ！」

とドアを十四年ぶりに叩《たた》いた。納戸代わりになった早智子の部屋は思い出のガラクタで詰まっている。学習机に置いた透明な衣装箱が衣替えすることなく雑然と積み上がっていた。ベッドと机で部屋が全部埋まるほどの広さなのに、ここに充足していた娘がいたなんて不思議な気がする。

これと似たような感覚を、実家で覚えたことがある。母親の葬式のときに五年ぶりに訪れた実家が、やけに小さく思えたものだ。家族で囲んだ食卓がおもちゃのように小さく、子どもの頃に走って駆け込んだトイレに数歩でたどり着いてしまう。まるで自分が巨人になって、実家をのしのし歩いているように思えたものだ。

「火ヌ神はなにを伝えようとしているのかしら」

照子は自分たちは普通の家族だったと記憶している。躾《しつけ》や料理に手の行き届かないところはあったかもしれないが、まあまあ頑張ったと自負している。完璧《かんぺき》じゃなかったけれど、うまくやろうと努力していた姿は見せたはずだ。親子《おやこ》喧嘩《げんか》も、ごく平均的な範囲でした。最初の反抗期は閉口したが、やがてこれが別れの合図だと知ると許せるようになった。この島の子どもたちは、自我に目覚めたら島を出ていかねばならない。そして島を出ていくと、二十年は帰らなかった。

早智子の結納のときは慌ただしくて何が入り用なのかわからないまま忙殺されたが、後悔することはなかった。でも今、照子は家族の影を探している。

照子は衣装箱に詰め込まれた子どもたちの服を引っ張り出してみた。ここにあるのは中学までの服で、照子が買い与えたものばかりだ。センスが悪いとか安物とか言われたが、照子の意思が反映されていた。

「これは大輔が小学生のときに着ていた体操着。これは麻理のスカート」

足下に広げた子どもたちの服は脱皮した殻のようだ。徐々に逆行していくとやがて全員共通の黄色いベビー服に戻る。照子はそれらをすべて両手で抱えると洗濯機に投げ込んだ。むかしは一日に二回は洗濯機を回して、それでも追いつかなかったことを思い出す。

照子は洗濯機の渦をぼうっと眺め、自分がこれからする愚かなことを、どこまで真面目にやれるのか冷静に問うた。理屈には合わないが、気持ちでは納得できそうだと感じた。

籠《かご》から溢れだした大量の洗濯物が庭に運び込まれた。照子は、竿《さお》いっぱいに洗濯物を干した。さび付いた洗濯ばさみが、電線に止まる雀のように並んでいく。

「仁司のパンツは汚れが落ちないわねえ。麻理はスカートが嫌いだったのよね。これは早智子が気に入っていたブラウスね。珍しく『ダサイ』って言わなかったっけ。大輔の靴下、どう穿《は》けばこんなに踵《かかと》が擦れるのかしら」

予備のパラソル型の洗濯干しまで取り出して家族の洗濯物を一斉に干すのは、爽快《そうかい》だった。ほんの十年前まで、毎日庭にこれだけの洗濯物があったのだ。のり付けするような強い日差しに晒《さら》された洗濯物は、二十分もしないうちにパリパリに乾いてしまう。その様を照子は万国旗を飾るように見つめた。

「洗濯物が幸せだったなんて今知ったわ」

照子が気づいてしまった幸せは遠いむかしの記憶のなかにある。子どもたちが二度とこの日に戻ることはない。眺めていて懐かしい気持ちを蘇《よみがえ》らせることはあっても、やはり後悔はなかった。なぜ着もしない服を洗濯しているのか、取り込んでいる最中にふと気づいた。

「もしかしたら火ヌ神は家族に感謝しなさいと言っているのかもしれない」

今まで子どもたちの体を守ってくれた感謝の印に、最後の洗濯をしたかったのだろう。それがわかると、俄然《がぜん》やる気になる。洗濯物を畳むときは、特に念入りにした。二度と袖《そで》を通さない代わりに、売られていたときと同じ姿にしてやる。靴下は左右を揃え、ホッチキスで留めた。Tシャツは胸の文字が中心になるように畳んだ。そして再び衣装箱に戻し、ガムテープで引き出しを封印した。

「今までありがとう」

そう言うと心の荷が軽くなるような気がした。

次の日も照子は子どもたちの服を洗濯した。衣装箱を開けても開けても出て来る服に半ば呆《あき》れてしまう。子どもたちは毎日脱皮をしていたのか、と思うほどの量である。冬物、夏物、照子は開けたものは片っ端から洗濯していった。そして干した万国旗を眺める一瞬、幸福と喪失を味わった。しかし照子の胸に晴れない靄《もや》がある。それがなんなのか今ひとつ不明だ。ただ洗濯するたびに靄の正体に近づいている確信はあった。

三日目、亭主の伸行の目には妻の行動が不気味に映った。

「おい。気色の悪いことするんじゃない。まるで死んだ子を偲《しの》んでいるみたいじゃないか」

照子はその言葉にはっとした。

「あなた、今なんて言った？」

「うちの子は死んでないって言ったんだ」

「違う。そんな言い方じゃなかったわ」

伸行はただ洗濯をやめさせたかっただけで、深い意味など含ませなかった。自分はなにを言ったのだろうと首を傾げる。

「死人を祀《まつ》っているみたいで気持ちが悪いじゃないか」

その言葉を聞いた瞬間、照子は「ああ」と大きな安堵《あんど》の息をついた。今まで自分がしてきたことがなんなのかわかったのだ。

「あなた。おじいさんのこと覚えている？　私たちが結婚したとき一番喜んでくださった方がいたじゃない」

「もう亡くなって三十年近く経つかな……」

と伸行は不意の名に驚いた様子で言葉を飲んだ。

照子が小浜島に嫁いできた日のことだ。離島の片田舎に嫁入りして来た照子を誰よりも歓迎してくれた人がいた。それが大舅《しゅうと》の長助《ちょうすけ》だった。まるで自分の娘のように照子を受け入れ、不自由がないように那覇の家具屋で購入した家財道具一式を贈ってくれた。当時、離島の新婚夫婦には大それた品だったが、照子は喜んで貰《もら》うことにした。

それが長助の全財産であったことを知ったのは、長助が亡くなってからだ。遺産相続のときに定期預金を解約した日が照子の結婚式の日だったことを知った。舅や姑《しゅうとめ》は普通に優しかったが、何か物足りなく感じたのは、大舅の長助の気持ちほど熱くなかったからだ。

「おじいさんが亡くなったとき、私はちょうど早智子がお腹にいて、お葬式に出られなかったのよ」

妊婦が葬儀に立ち会うことはタブーとされている。死者を迎えに来た後生《グソー》の祖霊たちがお腹の子を連れて行くと考えられているからである。長助の葬儀のとき、照子は焼香だけ許されたが出棺には立ち会えなかった。奥の座敷で安静にするように申しつけられ、監視として親戚《しんせき》の女が宛てがわれた。もし、照子の元に祖霊が来たら追い返す係として。

照子は自分に馴染《なじ》みのない風習だったが、島のしきたりに従うことにした。不思議なことはそのときに起きた。出棺して人がいなくなった後、長助が生きているときと同じように家に戻ってきたのだ。そして生前と同じ笑顔で、こちらに来いと手招きしたのだった。照子は卒倒するほど怖くて、

「嫌。あっちに行って！」

と邪険に追い払った。そのとき長助は悲しそうに俯《うつむ》き、いつの間にか消えていた。そのことは今まで誰にも語ったことがない。怖かったせいにしていたが、ついきつい言葉で突き放してしまったことが悔やまれたからだ。なぜあのとき怖がらずに、

「優しくしてくれてありがとう」

と礼を言えなかったのだろう。それから長助の法要のたびに照子は位牌《いはい》に謝ってばかりだった。

「おじいさん、火葬にしなかったのよね」

「ああ。島に火葬場はなかったからな」

「その後、ちゃんと納骨した？」

「どうだったかな？　俺は当時のことはよく覚えていない」

照子は庭一面に干された洗濯物を見て、確信した。

「洗骨しましょう！」

洗骨とは沖縄に広く伝わる風習で、二次埋葬のことである。土葬した遺体を七年後を目処《めど》に掘り起こし、白骨化した遺体を海水や泡盛で清め、骨壺《こつつぼ》に納め直す葬制をさす。洗骨は一族の女性がするものとされ、嫁が役割を担うのが美徳とされた。しかし洗骨は恐怖感や嫌悪感を生じるのが常で、嫁の覚悟を試す通過儀礼の場としても利用された。戦後、このような風習は非文明的且つ非衛生的とされ火葬が推奨された。以後、洗骨は急速に廃れていった。現在、洗骨葬は恐怖感を伴うものとして避けられる傾向にある。

「照子、おまえは洗骨がどんなものかわかっているのか。骨だけが残っているわけじゃないんだぞ」

仲行が聞いた話によると、土葬の遺体は骨に筋がくっついているそうだ。その筋を竹べらなどで削《そ》ぎ落とさなければならない。遺骨は火葬の骨のように乾燥した状態ではなく、泥に塗《まみ》れ人の形をしたまま残っているものだった。

「でも、私はおじいさんにちゃんとお礼をしたことがなかったのよね」

「怖くないのか？」

「私がもっと若かったら、きっと怖かったと思う。でもどうしてかしら。そうしないと家族が繋《つな》がっていかない気がするのよ……」

照子はこの数日、子どもたちの服を洗濯して、家族を終えたことを受け入れた。子どもたちは独立し、それぞれ新しい家族を持つだろう。帰省で顔を合わせたりするが、それは記憶を共有する同士であって、日々を更新していく家族ではない。そのことに一抹の寂しさを感じるけれど、やり遂げた充実感も同時にある。もし照子が子どもたちになにかを繋げたいなら、大きな家族の流れを教えてやることしかない。

小さな家族の寿命は短いが、大きな家族は数百年の時間を生きる。大きな家族とどうつきあうのか、照子はまず経験しておきたかった。

難色を示す仲行を押し切ったのは、照子の意思だ。

「あなたが洗骨するんじゃないわ。私が全部きれいに洗うから、あなたは見えないところで隠れていればいいじゃない」

こうして洗骨葬が営まれることになった。

洗骨は日取りが重要だ。故人の干支《えと》や命日で相応《ふさわ》しい日取りがユタによって決められる。日取りが決まったとしても、墓守を選ぶのが難しい。洗骨は女性がするが、墓を開けるのは男性と決まっている。この墓守も日取りと相性で選ばれた。

ユタの占いにより、墓を開ける男は未年生《ひつじどし》まれと決まった。

「未年生まれの親戚なんていたかしら？」

と照子はちょっと考えた。しかし門中《ムンチュウ》と呼ばれる一族はちょっと顔を思い浮かべただけでも五十人はいる。この中にひとりくらい未年生まれの男がいるだろう、と照子はそれほど深く悩まなかった。

長助の洗骨葬に合わせて、一族が集結することになった。大人から子どもまで合わせて六十人。それでも全てではない。照子の子どもたちも仕事を休んで島に戻ってくることになった。普通、葬儀はしめやかなのに、洗骨葬は活気づいている。三十分おきに港に着く船から、似たような顔つきの親族たちが下船する姿は壮観である。仲程家の男女にみられる身体的特徴は一文字眉《まゆ》だ。

末の子の大輔が真っ黒に日焼けした顔で船から下りた。

「大輔、ちゃんと勉強しているんでしょ？」

「母ちゃん、うちの家系を考えろよ。みんなそこそこだろ」

「でも怠け者もいないわよ」

「大丈夫。そこそこやってるから」

半年前まで親元にいた大輔は末っ子らしい甘えん坊だった。上の三人の子は一通り反抗期を終えてから外に出したのに、大輔の反抗期は見逃してしまった。反抗期は親元を離れる卒業式だと思っていた照子は、大輔の旅立ちをまだ心の奥底で受け入れられていない。

「最近、変わったことはあった？　部活とかで怪我しなかった？」

「全然。俺って運がいいのかな。みんな打撲や捻挫《ねんざ》するのに俺だけ無傷なんだよ」

その言葉で火ヌ神は大輔のことを告げていないと理解した。

「姉ちゃんたちはいつ来るの？」

「那覇から乗り換えだから午後の便かしらね」

正午の船でやってきたのは次女の麻理だ。年頃の娘らしく眉をいじっているが、相当苦労しているらしく、髭《ひげ》のように青く残っていた。麻理は那覇の建設会社で経理の仕事をしている。要領のいい麻理は資格の鬼だった。商業高校に進学するや、簿記から珠算、税務会計などあらかたの資格を取り漁り、若年失業率二十パーセントのご時世に、あっさり就職を決めてしまった。そんな抜け目ない麻理だが、四人の子どもたちのなかで一番反抗期が激しかった。

中学のときの麻理は、小浜島一の不良少女だった。もしかしたら歴代一かもしれないと今でも学校の語り草だ。タバコ、酒、シンナーは序の口。賭《か》け麻雀、カツアゲはお手の物。おまけに喧嘩《けんか》も滅法強かった。生活指導教員だった男の体育教師と互角に闘い、二人ともヘリコプターで八重山病院に緊急搬送された経験を持つ。当時、照子は麻理を島から出してはいけないと真剣に悩んだものだ。

麻理が島から出ていくとき、照子はこう告げた。

「お願いだからウリとクスリだけはしないでね」

しかし杞憂《きゆう》だった。ほとんどビリで商業高校に入った後、麻理の快進撃が始まった。ゲーム感覚で次々と資格を取得していき、新聞で麻理の名を見ない日はなかったほどだ。絶対に三面記事になるタイプだと思っていたのに。今では一番、頼りにしている娘だ。

「麻理、顔色よくないわよ。どうしたの？」

「うちの会社四半期ごとの決算でさ。昨日まで徹夜だったんだもん」

相当過酷な仕事なのだろう。麻理の青々とした眉跡を見ればわかった。一緒にやってきた会社の後輩たちも麻理をよく慕っていた。

「姐《ねえ》さんがあたしたちの仕事を手伝ってくれて助かりました」

「麻理姐さんは女子社員の誇りです」

舎妹を引き連れた麻理はまんざらでもなさそうだ。

「母さん、この子たちになにか美味《おい》しい物を食べさせてやって」

そう言って茶封筒を渡すのがパターンだ。中には十分すぎるほどのお金が入っている。お小遣いと言わないところが麻理らしい。照子が生活に困っていないのは、麻理の仕送りのお蔭《かげ》でもある。

麻理は肩で風を切り颯爽《さっそう》と車に乗り込んだ。火ヌ神の加護を一身に受けているのは麻理かもしれない。

一時間後の船で到着したのは長女の早智子だ。十年前に結婚して、今では二人の子のお母さんである。孫を引き連れ、三年ぶりに実家に帰った。

「ほら、おばあちゃんに挨拶《あいさつ》は？」

とやんちゃ盛りの男の子が逃げないように襟を摑《つか》まえる。長女でおっとりしていた早智子は、育てやすい子だった。ピアノに興味があり週末ごとに石垣島のピアノ教室に通わせていたときは、音大に進学するものと思っていた。そのためにアップライトピアノを購入し、進学後の金の工面で頭を悩ませたものだ。畑を売る覚悟で早智子の将来に懸けていたが、音大には進学せず、短大を出てすぐに結婚した。子育ての挫折《ざせつ》とまでは言わないが、拍子抜けしたのは確かだ。

「哲《てつ》ちゃん、康《こう》ちゃん、おばあちゃんのこと忘れてなあい？」

照子がおばあちゃんの顔をして孫を抱きしめる。人生のサイクルは自覚なしにやってくる、とこのときほど思うことはない。妻だったのが母になり、今では祖母の役回りだ。自分のことをおばあちゃんと呼ぶとき、これより上の呼び名はないと痛感させられた。大きいばあちゃんまで回れば御の字だ。

「早智子、向こうのお義母《かあ》さんたちとは上手《うま》くやってるんでしょうね」

長男の嫁になった早智子は照子と似たような人生をたどるだろう。

「そこそこよ。親戚《しんせき》の集まりが多いけど、そういうの子どものときから慣れてるし」

「ちゃんと一日・十五日は火ヌ神にウチャトー（お祈り）してる？」

「あ、今の言い方お義母さんにそっくり」

火ヌ神は早智子のことを告げたかったわけではなさそうだ。

日差しが弱まる最終便で到着したのは長男の仁司だった。バンドに熱中していた中学時代、仁司はミュージシャンを目指していた。楽器は一通り弾けたが、殊の外ドラムが好きだった。当時は早智子の音大進学に一家が資金を注ぎ込んでいた時期だったから、ドラムセットなんて買えなかった。それでも仁司は不平を零《こぼ》すことなく、ブラスバンド部に入り夜の八時過ぎまで音楽室でドラムを叩《たた》いていた。

仁司は高校に進学して本格的なバンド活動を始めた。最初のバンド名だけ照子は覚えている。『Raions』だった。間違っていないが、カッコ好《よ》くもない。ただ絶妙なことに、偏差値五〇未満の歌詞と相まって、印象には残った。その後のバンド名をいちいち覚えていない。男の子ならみんなが通り過ぎる麻疹《はしか》みたいなものだろうと思っていた。仁司は石垣島のホテルに就職し、バンド活動は趣味で行っている。野心はなくなったが、その分、親に安心を与えてくれた。そこそこであればいいと育てた子どもたちは、照子の望み通りそこそこの大人になった。

「仁司、あんた最近なにかあったんじゃないの？」

と照子は真っ先に仁司に尋ねた。仁司は、

「メンバーと喧嘩したことかなあ」

と首を傾げたが、バンドで方向性の違いというのは常套句《じょうとうく》だ。いちいち驚いてはいられない。

「そうだ。新しいバンドを作ったんだ。『ZUU』って言うんだけど」

と近況を語る仁司の側に若い娘が立っていた。麻理と同じように同僚を連れてきたのかと照子は思った。リゾートの島にきた割に娘がスーツ姿なのが不思議だ。揃えた足下が美しい娘だった。

するると娘が仁司を肘《ひじ》で小突いて、促したではないか。

仁司は照れ笑いで娘の肩を抱いた。

「母さん、紹介するよ。新垣莉央《あらかきりお》さん。あの、彼女です」

娘はその紹介では不満だったらしく、自分から申し述べた。

「初めまして。仁司さんとおつきあいさせていただいております。新垣莉央と申します」

実に堂々とした態度で好感の持てる挨拶だった。その言葉に促されて仁司も背筋を伸ばす。

「母さん、ぼくは莉央さんと婚約しました」

「え！　あんた全然そんな気配なかったじゃないの！」

照子は急に自分の恰好《かっこう》が気になってきた。今日は客の迎え入れに奔走するつもりだったから、ラフなスタイルで、化粧もしていない。咄嗟《とっさ》によそ行きの表情に変えてみたけれど、莉央にはどう映っただろうか。

「こういうときでないと休みが取れないし、次にいつ来られるかわからないから、いい機会だと思ったんだけどなあ」

と仁司は弁解する。子どもの成長が見えないこの島では、よくある出来事だ。思春期のうちに親元を去り、十回も会わないうちに結婚してしまう。早智子のときもそうだった。

照子は改めて深々と挨拶をした。

「仁司がいつもお世話になっております。こんな恰好でごめんなさいね」

「あ、いいんです。こちらこそ突然で失礼いたしました。また改めてご挨拶に伺わせていただきますので、どうぞよろしくお願いいたします」

話をすればするほど気持ちのよい娘だ。お粗末バンド息子の相手には申し訳ないほどだ。

「仁司、ちゃんと段取りは考えてるんだろうね！」

「来月、籍を入れます！」

「違うでしょ！　結納から始めなさい。その前に新垣さんのご両親にご挨拶しないと」

「それはもう終わったよ。お義父《とう》さんとは毎週、釣りに行ってるんだ」

火ヌ神の報《しら》せはこのことだったのだ、と照子は合点がいった。新しい家族が生まれるから準備せよとの意味だ。洗骨で慌ただしいのに、結婚の話を持ってこられて照子は目眩《めまい》がした。

莉央は照子の様子を察して前に出る。

「私が仁司さんに頼んだんです。親戚が集まれば女は台所仕事にかかりっきりになります。長男の仁司さんの嫁になるのですから、私にも手伝わせてください」

この申し出はありがたかった。実は一週間前から食材の仕入れで照子は休む暇がない状態なのだ。親戚が六十人も集まれば、ガス焜炉《こんろ》が三つではとても足りない。カセット式焜炉を二つ買い、膳《ぜん》や食器を知り合いから借りまくってようやく揃えたばかりだ。男たちは座っていれば料理が勝手にやってくると思っている節がある。行事のたびに厨房《ちゅうぼう》がどれだけ混乱するか、一度体験してみればわかると照子は思う。早智子と麻理は厨房要員に数えていたが、それでも六十人をさばくには心許《こころもと》なかった。助けはひとりでも多いほどよい。

「莉央さん、中身汁は作れるかしら？」

「はい。毎年正月に親戚分作らされております」

「ゴボウ巻きはできる？」

「実家の味付けで構わないのなら得意です」

「じゃあ、お任せするわね。実は手一杯だったから助かるわ」

「わかります。母も行事のときにはいつも女手が足りないって困っていましたから」

会った瞬間に同志になれるのが女の絆《きずな》だ。これで厨房はなんとか回すことができそうだ。

料理の前にまだすることがある。男たちには家のなかの家具を全部外に出してもらい、ひとりでも多く客を入れるスペースを確保してもらわねばならない。

「仁司、大輔。あんたたちの私物を片付けてちょうだい」

納戸になった早智子の部屋は家族の博物館だ。仁司たちはきっといろんな物が地層になっているに違いないと思って足を踏み入れたが、全部箱にしまわれて整然と並んでいた。ラベルには『早智子』『仁司』『麻理』『大輔』と新しいガムテープで封印されている。

「衣装箱は全部捨てなさい」

運び出した衣装箱の数は二十だ。この服を着、脱ぎ捨て、彼らは島を出て行った。

仁司が匂いに気づいた。

「おい大輔。むかしの服なのに、なんだか新品みたいだぞ」

封を剥《は》がすと、アイロンをかけられた服がピンと並んでいた。

「母さん、俺たちの服を大事にしてたんだな」

衣装箱を軽トラックに積み込んだとき、仁司はふとある種の感慨を覚えた。サトウキビ畑を軽トラックで横切りながら、数年ぶりに兄弟が会話する。

「兄ちゃん、もうあそこは俺たちの家じゃないんだな」

「もうむかしのようにみんなで一緒に暮らすことはないさ」

その言葉で大輔は洟《はな》をすすった。

「もっと家族を大事にしておけばよかった」

仁司が小高い丘の頂で車を止めた。眼下には八重山諸島の島々と煌《きら》めく海が広がっていた。左手に見えるオモト山脈を誇る石垣島は父で、右手の大山脈を従えた西表島が母のようだ。そして手前に浮かぶ、竹富島、黒島《くろしま》、新城島《あらぐすく》が子どもたちに映る。

「離れていてもぼくたちは家族だ。みんな海で繋《つな》がってるだろう」

仁司の言う通り、海は隔てるものではなく繋げる媒体だと思った。


洗骨葬を明日《あした》に控えた夜、ある問題が起こった。ユタの判示で選ばれた墓守役の未《ひつじ》年《どし》の男がいないことがわかったのだ。男三十五人の親戚《しんせき》を集めても、未年だけいない。他の干支《えと》はみんな揃っているというのに。特に戌年《いぬどし》なんて八人もいた。

「困ったわ。未年の男が墓をノックしないといけないと言われたのに……」

「母さん、戌年じゃだめなのか？」

「戌は吠《ほ》えて先祖の霊を怖がらせるから絶対にダメだって言われたわ」

洗骨をするためには、安置されている納骨室から棺《ひつぎ》を出さなければならない。墓の入口は石で閉じられ、出入りは納骨するときだけに限られる。出入りするときにもマナーがある。亀甲墓《きっこうばか》は母体の下半身を象《かたど》っている。亀の甲羅のように見える丸い屋根は子宮で、中庭を包み込む壁は両脚とされる。産道に墓石があり、死者は母体に回帰すると考えられていた。だから母亀甲墓に入るときは、背を向け、お尻《しり》から入る。これは生まれたときと同じ体勢という意味だ。

「門中《ムンチュウ》に未年がいないのに、変な判示を出すなんてそのユタはヤブなんじゃないか？ちゃんとしたユタを買い直せ」

「三十年来のおつきあいのあるユタですよ。間違えるはずありません」

「このままじゃ、洗骨はできないぞ」

とても中止とは言えない状況だ。この日のために方々から親戚が集まってきたのだ。決行するしかないが、祖霊に失礼があってはならない。どうしたものかと考えていると、莉央が静かに手を挙げた。

「私の父が未年生まれです。今電話すれば、明日朝一番の船で小浜島に来られると思います」

その言葉に照子は目を丸くした。

「莉央さんの気持ちはありがたいけれど、あなたのお父さんは関係ないわ」

「私は仲程家の嫁になる人間です。私の実家は親戚になるんじゃないでしょうか？」

仁司が相槌《あいづち》を打った。

「その通りだ。お義父さんに頼もう」

こうして墓守役は莉央の父に決まった。電話したら莉央の父も「墓をノックするくらいお安いご用だ」と快諾してくれた。まだ顔を見たこともない相手に大役を任せてしまうことに照子は恐縮しきりだ。


翌日、仲程家の亀甲墓で長助の洗骨が執り行われた。集まった親族は一文字眉《まゆ》をきりりと引き締め、墓の中庭に勢揃いした。原生林と渾然一体《こんぜんいったい》となった巨大な墓は、遺跡のような重厚感だ。八重山諸島で行われる旧暦一月十六日の先祖供養の祭『十六日祭』では、縁日のような賑《にぎ》わいになる。

その十六日祭に劣らぬ祭礼が執り行われようとしていた。墓の中庭にテントが設《しつら》えられた。

莉央の携帯電話が鳴る。

「父が港に着いたと仁司さんからです。これからすぐにお墓に向かうそうです」

その一報に一同が安堵《あんど》の声を漏らす。莉央がいなかったらと思うと照子は肝の冷える思いだった。

「やはり神様が縁を結んでくださっているわ」

これを偶然と思うのは、信仰心がない者だ。毎日きちんと掃除していた火ヌ神からのご褒美だ。

墓の前に仁司の車が着いた。莉央はこっちこっちと急《せ》かす。莉央の父はきちんとした喪服姿で現れた。

照子は髪をセットして受け入れも万端だ。

「遠いところをお越しいただいて申し訳ありません。仁司の母の照子と申します。このたびは無理な役回りをお引き受けいただいて本当に感謝しております」

「莉央がいつか入るお墓ですから、これくらいは当然のことです。むしろ莉央を頼ってくださって嬉《うれ》しいのはこちらです」

そう言って莉央の父は亀甲墓の入口を数回ノックした。それから墓石をずらし納骨室へお尻から入っていく。中に納められた骨壺《こつつぼ》は壮観だった。年月が経ちすぎるとすべてが自然と融合していくものだ。暗い四畳半ほどの納骨室はほんのり赤土の臭いに満ちていた。

長助の棺が取り出され、中が開けられた。三十年前の空気が葬儀の日を蘇《よみがえ》らせる。

「おじいさん、きちんとお別れできなくてごめんなさいね」

と照子が骨を取り出した。洗骨は恐怖感を伴う風習と一方的に決めつけられたが、時を経た骨は人の気配など微塵《みじん》もなく、石と土の中間のものに映る。用意した海水と泡盛で長助の骨が清められていく。竹べらで骨についた汚れを削《そ》ぎ落とすのも少しも怖くない。女は毎日厨房《ちゅうぼう》で肉や骨を見ているからだ。

逆水《さかさみず》を張った盥《たらい》に骨を浸すように洗っていく。一度目は大まかに汚れを取り、二度目は細かく洗い、三度目に泡盛で清める。清めた骨は、手拭《てぬぐ》いできれいに水気を拭《ふ》き取り、風に当て十分に乾かす。

「お母さん、私たちも手伝いたい」

と申し出たのは早智子と麻理だ。

娘たちと洗う骨は静かな対話だ。

「大きいじいちゃんってどんな人だったの?」

「すごく優しかったのよ。早智子の誕生をとても心待ちにしてたわ」

「大きいじいちゃん、お母さんを大切にしてくれてありがとう」

と早智子が骨に泡盛をかけた。

「お義母《かあ》さん、私にも洗わせてください。嫁として仲程のご先祖様にご挨拶《あいさつ》をしたいです」

と莉央も名乗り出る。

「これから行事のたびにお世話になります。どうぞよろしくお願いいたします」

清められた骨は島の砂のように真っ白に輝く。

骨はやがて土に還《かえ》り、島を育《はぐく》んでいく。

長助の骨が骨壺に納められた。生から死への変容は悲しみだったが、死から石への変容は、土となり命となる生への入口だ。

島人はみんなこの大いなる輪廻《りんね》のなかで生きている。


洗骨葬を無事に終え、それぞれが生きていく場所へ帰る日がやってきた。早智子は走り回る息子たちに目を取られ、照子と落ち着いて話をする暇もない。

「お母さん、またあとで」

と電話する身振りだけで、すぐに船に乗り込んだ。早智子も長男の嫁として嫁ぎ先のサイクルで生きている。

「次は婿を連れてくるからね」

と舎妹たちを遊ばせた麻理がお土産袋を抱えて去っていく。仁義を重んじる麻理らしく会社全員分のお土産を買い込んでいた。

「母さん、夏休みは帰ってくるからね。俺、親孝行したくなったよ」

と大輔は涙目で別れを告げる。

「だったら勉強しておくれ」

「そこそこ頑張るよ」

「そうだね。そこそこ頑張りなさい」

そう言って末っ子を送り出した。

最後に仁司と莉央が港にやってきた。相手を思いやる姿も慣れたもので、照子も伸行との新婚時代を思い出した。

「莉央さん、あなたに渡したいものがあったのよ」

照子は真っ白なハンカチに包んだ品を莉央に渡した。

「これはなんですか？」

「火ヌ神の灰よ。新しい家庭を設けたら、姑《しゅうとめ》が嫁に分けてあげる決まりなの。私も嫁いだときに姑から灰をいただいたわ。これは嫁から嫁へと受け継がれていく家族の絆《きずな》よ」

火ヌ神の灰が増えた現象はまさにこのことだった。火ヌ神が照子に洗骨を閃《ひらめ》かせ、仁司が嫁を娶《めと》り、嫁は墓守を連れてきた。古い家族は過去の大きな家族を養い、新しい家族は未来を育む。そのバトンをきちんと渡した。

「お義母さん、ありがとうございます。私もお義母さんのように、先祖を敬う嫁になれるように頑張ります」

「私たちは仲程家の嫁だからね。なにかあったらいつでも相談にいらっしゃい」

莉央は何度も何度も頭《こうべ》を垂れ、惜しむように島を去っていった。別れが寂しいと思ったのは若い頃だ。この島は八重山諸島の中心にあり、いつでも他の島を望むことができる。子どもたちのいる島は神様が投げたステンドグラスの海で繋《つな》がっている。

自宅に戻るとあの喧噪《けんそう》はどこにいったのかと思うほど、静まりかえっていた。しかし賑わいの痕跡《こんせき》を見るのも楽しい。孫たちが散らかした玩具《がんぐ》、麻理の同僚たちが残したメッセージカード、そしてまだ片付かない大量の器。掃除に自信のある照子でも、一晩はかかると踏んだ。

台所で少し残った中身汁を啜《すす》る。

「美味《おい》しい。負けそうだわ」

莉央も恥をかかないようにいつもより慎重に味付けした。中身汁は照子の自慢の一品なのに、お株を奪われそうだ。莉央のお蔭《かげ》で台所仕事はいつもより負担が少なかった。

「いいお嫁さんが来たわ。そうだ火ヌ神にお礼を言わなくちゃ」

灰が少なくなった香炉は痩《や》せたというより、若返ったように思えた。莉央もいつか嫁に灰を渡す日が来るのだろうか。そのとき照子の灰も含まれているのだろうか。家を守った嫁たちの脈々と連なる絆だ。

「火ヌ神様、お蔭さまで無事に洗骨を終えました――」

照子の信条とするコンパクトで効率的な祭事ができたことがなにより嬉しかった。

翌日からまた照子の日常が始まる。朝一番から掃除を始め、勤め先のホテルに入るまでの間に家事のほとんどをすませてしまう。

「行ってきます」

と火ヌ神を留守番にして照子が急ぎ足で出ていく。

庭に夫婦ふたり分の洗濯物が風に揺れていた。

新城島《パナリ》

大家族の八重山諸島のなかに双子の島がある。上地島《かみぢ》と下地島《しもぢ》は対でパナリと呼ばれた。パナリには山も川もないが、ペアになる島がある。双子の赤子を思わせるパナリは八重山諸島の末っ子だ。今から三百年前、この島はザン（ジュゴン）が獲《と》れる島として、王府から特別な使命を課された島だった。

それは、むかしむかしの話である――。

ぱなり若者　ば島　ぎら者

しるび山　まりゃあらぎ
あだに山　まりゃあらぎ

あだなしば　きりとぅし
よなかじば　ぱきぃとぅし

三日干し　晒らしょうり
四日干し　晒らしょうり

（新城島の若者たちは
我が島の腕利きたちは
磯山のなかに入って
アダンの気根を探し歩き
アダンの山中を廻《めぐ》り歩いて
気根を切り取り
オーハマボーの表皮を剝《は》ぎ取り

三日間干し、晒《さら》しました
四日間干し、晒しました）

上地では島の若者たちが集い、労働歌を楽しそうに歌い上げる。島の大部分を占めるアダン林は防潮林だ。刺々《とげとげ》しい葉を持つアダンは島を守る鎧《よろい》であり、貴重な食料であり、そして大切な道具だった。

アダンの気根は水に強いため、縄や網の原材料となった。

「ギールー、今年こそは大きな網を作ってくれよ」

と鉈《なた》を振りかざす青年に声をかける。ギールーは島の海人《ウミンチュ》だった。ギールーの父も祖父もパナリで海人として生き、殊にザン漁の名人として名を馳《は》せていた。

「グスーヨー、マカチョーケー（みんな任せておけ）」

とギールーは自信満々だったが、まだザンを獲ったことがない。ギールーが海人になってから十年も経つのに、未だザンが獲れたためしはない。王府からも絶滅したのではないか、と危惧《きぐ》される始末だ。

パナリからザンが消えて、島の暮らしは厳しくなった。水に乏しい風土は米作ができない。粟《あわ》や大豆、苧麻《ちょま》から織られる上布《じょうふ》などが代わりに納税対象となったが、島の規模は小さく品質も量も十分とはいえなかった。

この数年は八重山の行政府である蔵元に減税を嘆願し、御慈悲を請うてなんとか生き延びてきたが、今年もうまくいくとは限らない。蔵元からはなんとしてもザンを獲るように厳命された。

ザンが一頭獲れれば島は大いに沸いた。不老長寿の肉とされるザンは首里の国王に献上される御用物である。その噂は明国《ミン》にも伝わり、ザン料理は琉球《りゅうきゅう》の名物とされたほどだ。明国でもジュゴンは海南島《ハイナン》でしか獲れない貴重な動物だ。しかも年々、乱獲により個体数が減っている。王府は琉球の優位性をザン漁で示したがっていた。だが、明国と同じくパナリでもジュゴンの個体数は減っていた。

アダンの気根を切り取り、繊維質を取り出すために縦に割く。これを天日に干し、縄をなう。この縄が均一の太さでなければ網の見た目が悪くなってしまう。ギールーは網を編む名人だった。

「相変わらず上手いな」

と父が網を編むギールーの側に座る。

「指が覚えているだけだよ。ワンはこういうのが得意みたいだ。コツがあって女の人の髪を結うように優しく編むんだ」

言われてみるとギールーの手つきは縄を扱うというより、女性の髪を結っているようだ。結び目の固さと編み目の大きさが判で押したように揃っている。これが結果的によい網になった。

ギールーは浜辺で父と語り合った。

「シュー（父さん）、ザンってどんな魚だ？」

「ギールー、ザンは魚じゃないぞ。馬や牛みたいに母乳で子どもを育てるんだ」

「馬が海で泳いでいるのか？」

「いや、顔は人のようで赤子を抱いていることがある」

「まるで人じゃないか」

「そうだ。人魚と呼ばれているから、貴重な生き物なんだ。我が一族はザンを獲ることを生業《なりわい》にしている。おまえが一人前になってくれなければ、儂《わし》は死ぬに死ねぬ……」

ギールーの父もザンが島から消えて久しくなったのを危惧していた。むかしも二年に一度獲れるかどうかの生き物だったが、こんなに長い期間姿を見せないのは異常だ。縄をなっている親子にそっと差し入れが届けられた。月桃の葉にくるまれた餅《もち》が薬効の爽《さわ》やかな香りを放つ。

差し入れした女が言った。

「アーリィ御嶽《ウタキ》のツカサ様からの品です。今年こそはザンを捕らえてほしいとのことでした」

アーリィ御嶽は別名「ザンヌオン（ジュゴンの御嶽）」と呼ばれる島でもっとも神聖な御嶽だ。

「わかっている。ツカサ様に必ず期待に応《こた》えてみせると伝えよ」

「シュー。赤餅なんて三年ぶりだなあ」

とギールーは涎《よだれ》を垂らす。この数年、餅なんて贅沢品《ぜいたくひん》は祝いでも食べたことがなかった。

「ギールー、これが我らの期待の重さだ。ザンが獲れれば税が軽くなる。みんな喰《く》うや喰わずやの生活で疲れているのだ」

今や税の負担は限界を超えていた。今年は日照りで粟や大豆などの作物も実りが少ないだろうと予想された。それでも税の負担は減らない。代わりにアダンの筵作りに当たっている。女たちは総出でアダンの筵《むしろ》を織って物納しろと蔵元から命じられた。

それでもザン一頭の価値に比べればとても足りない。ザンが獲れた年は、餅を好きなだけ食べても役人から咎《とが》められることはなかったし、男も女も夕暮れには浜で唄《うた》遊びに興じる余裕さえあった。

中でも一番立場が悪いのはアーリィ御嶽のツカサだろう。この前、石垣島の蔵元から派遣された役人からこっぴどく叱られているのを見た。ザンが獲《と》れないのはアーリィ御嶽のセヂ（霊力）が弱くなっているからではないかと疑われたのだ。このままザンが獲れなければツカサ解任もあり得ると脅され、アーリィ御嶽のツカサは平伏して詫《わ》びた。以後、アーリィ御嶽のツカサは御嶽に籠《こ》もり、昼夜ぶっ通しで豊漁祈願をしている。

ギールーの父はみんなが労働で疲れ果てた顔をしているのを見るたびに胸が痛んだ。これまで何人もの海人がザンを捕らえようと試みた。しかしザンは頭のいい動物で、人間の罠《わな》を簡単に見破ってしまう。ギールーの家系がザン獲りの名人と謳《うた》われたのには秘密があった。

「ギールー、ザンは人間よりも頭がいい。ザンを捕らえようとするな。おびき出すんだ」

「シュー。どうやって？」

父がパナリの海を見ろと促す。この島の海は極端に透明で、あらゆるものを見透かしてしまう。まるで空が浜まで迫っているかのような錯覚を覚える。水が限りなく大気に近づいて存在を微《かす》かにしていた。この海で舟を走らせて魚を追うのは不可能だ。どんな鈍い魚でも遠くから人間の気配に気づいてしまう。

「ザンは唄が好きだ。上手い唄に惹《ひ》かれて浜まで近づいてくる。ギールー、おまえの唄でザンを虜《とりこ》にしろ」

「だからワンは子どもの頃から歌わされてきたんだ……」

ギールーは幼少期から唄の手ほどきを徹底的に受けた。兄弟は五人いたが、兄たちはザン漁を伝授されることはなかった。末っ子のギールーだけがザン漁の跡を継がされた理由はただひとつ、唄が上手かったからだ。

「おまえの唄にはタノール（歌心）がある。その声でザンを捕らえろ。ただし注意しなければならないことがひとつある」

父はやけに真剣な眼差《まなざ》しでギールーを見つめた。

「ザンの魔力に囚《とら》われてはならない。絶対にだ！」

「ザンにはどんな魔力があるんだ？」

「ザンは人間を惑わす。逃げるためならあらゆる手を使う。ザンの魔力ほど恐ろしいものはない」

父は言葉を濁した。きっと過去にザンに惑わされた経験があるのだろうとギールーは思った。動物に惑わされるなんてギールーには信じられない。今年は豊年すら危ぶまれる島の有事だ。パナリはその小ささ故に、生きる余裕がない。今の島はまるで母乳を奪われた赤子のようだ。

「ザンを獲ればみんなが生き延びる。ギールー、見事ザンを捕らえ島を救ってみせろ」

「シュー。わかったよ」

そう言って父子は『ザントゥリィユンタ』を歌いながら、縄を編む。

さぎなさぎ　みりばどぅ
なぎぃななぎぃ　みりばどぅ

六目網ば　くぬみょうり
八爪網ば　しだしょうり
前泊に　下るしょうり

磯泊に　下るしょうり
磯舟に　載しょうり
なら舟に　載しょうり

(表皮を剝《は》いでみたところ
糸状に割いてみたところ
太めの網を編み
立派な網を編み
前泊の海岸に網を下ろしなさい
漁泊の海岸へ網を下ろしなさい
舟に網を載せなさい
ザンを獲る舟に大網を載せなさい)

ギールー父子が編んだ六目網は、長さ八十メートルにもわたる巨大網だ。今日はこの網をアーリィ御嶽に納め、霊力を授けてもらう日だ。村の男五人がかりで担いだ網に村人たちの願いが託される。

「ザンを獲っておくれ」「私たちをお救いください」「神様どうかお助けを」

と祈りが寄せられるたびにギールーは身が引き締まった。昨日、村の長老のひとりが熱射病で死んだ。体を冷やす水が足りなかったせいで。雨水の貯水庫も底をついた。年貢船も出せるか危ぶまれる状況だった。蔵元は存続できない村には容赦ない政策を打つ。以前から話にのぼっては消えていたパナリ無人島計画だ。村人を石垣島に移民させ、新たに開墾させようという。新天地は必ずしも豊かな大地ではない。移民に渡される土地は疫病のマラリアが猛威を振るう荒れ地と相場が決まっていたからだ。

アーリィ御嶽のツカサは、魔女のように窶《やつ》れていた。

「この網に私の命と御嶽の霊力を授ける。ザンが獲れないなら責任をとって自害するわ」

ツカサの執念ともいえる言葉にギールーは戻るに戻れない道を歩かされている気になる。

「ツカサ様、どうかワンを信じてください。ザンを獲るまでワンは島に戻ってきませ
ん」
「ギールーよ。ザンを甘く見るでないぞ。ザンを獲ったら、躊躇《ためら》わずに殺せ。そして
ザンの首を御嶽《ウタキ》に納めよ。それができたなら、おまえを島の男とみなし、褒美を取ら
せよう」
ツカサの手招きで現れたのは、島一番の美女と称されるクヤマだ。パナリの長であ
る目差主《ミザシシュ》の娘でもあるクヤマは島の危機に身を捧《ささ》げる覚悟だ。クヤマの器量の良さは
遠く首里城にも轟《とどろ》いている。王の側室にあげろと再三の催促を無視してきたのは、こ
の島で生きていく覚悟からだった。
艶《つや》やかな黒髪を結ったクヤマが言う。
「私はこの島で生まれ、この島でみなさんと共に生き、そして死にたいと思っており
ます。島を生かす殿方と縁を結ぶのは当然のことでございます」
「クヤマ様がワンの嫁に？」
この申し出に一番驚いたのはギールーだ。目差主は島でもっとも由緒正しい士族の
家で、一介の海人との婚姻なんて考えられない。一般的に沖縄本島の間切の長は農民
出身だが、宮古《みやこ》・八重山は特例で士族が就く。これは八重山の独立性を王府が認めた

ことでもあった。

身分差はパナリのような小さな島でも厳格だ。ギールーもそのことは子どもの頃から叩《たた》き込まれていた。クヤマの美貌《びぼう》を島の誇りとすることはあっても、懸想するなんてお門違いも甚だしいと思っていた。そもそもクヤマの認識に自分がいることすら想像したこともない。せいぜい、よく見かける若い衆のひとりと思われていたのではないか。

「ギールー。私はあなたが歌うユンタが好きでした。とても心に染みる歌声でした。ザンを獲《と》る者は芸達者でなければならないと聞きます。あなたなら、きっとザンを仕留めることができるでしょう」

「クヤマ様、勿体《もったい》ないお言葉でございます。しかしお父上の目差主様は、このような身分差の結婚を許してくださいますでしょうか」

てっきりクヤマの強い義俠心《ぎきょうしん》からの申し出だとばかり思ったが、父親の目差主まで現れて、ギールーの前に跪《ひざまず》いたではないか。

「島を救う英雄に娘を娶《めと》らせるのは当然のこと。ザンさえ獲れれば村は間切お取り潰《つぶ》しを免れる。どうか島を救ってくだされ」

再来月には石垣島の蔵元から年貢船がやって来る。島はその日のためにアダンの筵《むしろ》と上布を準備しているが、とても納得してもらえる量ではない。また減税を嘆願しても蔵元は受け入れないだろう。蔵元にとってもザンは八重山の特産品で、首里王府から御用物の督促に頭を悩ませているからだ。

「ワンは海人の端くれとして、必ずザンを獲ってみせます！」

こうして村人の期待を一身に背負ったギールーは漁に出た。

ザン漁は実に簡単だ。遠浅の海が満潮のときに網を仕掛けておく。海藻を食べにきたザンが引き潮で帰ろうとした退路を塞《ふさ》ぐのだ。それほど難しくない漁法だが、滅多にザンがかからないのは警戒心の強い動物だからだ。目のよいザンは網が張られた気配に気づいて逃げてしまう。そこで唄《うた》を歌い油断させる。月のない晩、ひっそり舟を出したギールーは網を仕掛けた。

漕《こ》ぎぃな漕ぎぃ　みりばどぅ

押しな押しぃ　みりばどぅ

真謝口ゆ　まりやらぎ

四ヶ口ゆ　まりやらぎ

ザンぬ夫婦ゆ　見るんでゆ
亀ぬ夫婦ゆ　見るんでゆ

立ちぃな立ちぃ　見りばどぅ
潮ゆ干し　見りばどぅ

ザンぬ夫婦ぬ　くまりやんてぃ
亀ぬ夫婦ぬ　くまりゃんてぃ

（舟を漕《こ》いでみたら
舟を押してみたら

真謝《まじゃ》村の東口までザンを探した
石垣島の町中まで求めて彷徨《さまよ》った

ザンの夫婦を探そうと
聖なるザンを見つけようと
行き来してみたところ
潮が干いてみてみれば
ザンの夫婦が隠れていた
聖なるザンの夫婦だった）

ギールーの歌声に合わせてサバニ（舟）が小気味よく揺れる。父から教わった通り、気配を消して唄を闇夜に溶け込ませる。風と波のリズムに合った歌声は隣の下地島まで響き渡った。ザンでなくとも聞き惚《ほ》れる歌声であった。

星明かりが消えかけた未明、舟でじっとその瞬間を待っていたギールーは、網に微《かす》かな手応《てごた》えを感じた。

「よし。ザンがかかったぞ！」

ギールーは急いで網を手繰り寄せる。網を引くたびに大物の手応えを確信した。まるでイルカか鮫《さめ》を仕留めたときの重さだ。こんな浅瀬にイルカや鮫が来るはずもない。浜は海藻で覆われ、イルカや鮫の餌となる魚はほとんどいないからだ。ギールーはこれはザンに違いないと鼻息を荒らげる。

「これで村は救われる。ツカサ様も罰せられずにすむ。クヤマ様もワンの嫁になる。みんなが幸せになれる」

網が大きいせいで引き上げるのも重労働だ。夜が明けきらないうちに仕事を終えられると踏んだのに、もうすぐ日が昇る時刻だった。網にかかった獲物は激しくのたうち回り、そのせいで舟が何度も転覆しそうになった。

ついにギールーは仕留めた獲物を舟まで手繰り寄せた。渾身《こんしん》の力で舟に引き上げた瞬間、ギールーはあらぬものを目にして腰を抜かした。

彼が捕まえたのは正真正銘の人だった——。

「これがザンなのか……」

目の前にいるのは裸の女にしか見えない。長い髪、物憂げな瞳《ひとみ》、そしてふくよかな乳房。ザンが人に似ていると教わったが、似ているどころの話ではない。網に絡まった二本の腕は鰭《ひれ》などではなかった。ギールーはもしかしたら遭難した女が網にかかったのではないかとさえ思った。それでつい、

「おい、大丈夫か？」

と声をかけて手を引いた。するとまたギールーは仰天する。引き上げた女の下半身は完全に魚のものではないか。頭がこんがらがったギールーは未知の生き物を前に、ただ驚愕《きょうがく》するばかりだ。

人魚はギールーに声をかけた。

「どうかお助けください。助けてくだされば何でもお礼をいたします」

「うわ。喋《しゃべ》った！　なんだこいつは。ワンは夢を見ているのか」

さっさと夜が明けて朝日の力で夢から覚めたいと願ったが、明けに向けて強まる光は克明に人魚の姿を顕《あら》わにするばかりだ。そしてついに光条がさした。人魚の鱗《うろこ》が銀色に反射する。ギールーは目の前にいる存在を受け入れざるをえなくなった。

「ザンは人魚だったのか」

「私は真魚《まな》と申します。あなたの歌声に聞き惚れているうちに網にかかってしまいました」

そう言って真魚は恥ずかしそうに乳房を抱え、ギールーに背中を見せた。ギールーは咄嗟《とっさ》に自分の着物を脱いで真魚の背に被《かぶ》せてやった。

「ワン、どうしよう……」

十年ぶりに獲《と》れたザンだというのに、ギールーは途方に暮れた。

ギールーの舟は双子島の上地島に向かった。親村のある下地島とはごく近く、浜に立てばお互いの顔がわかるほどの距離である。双子島は大きさも瓜二《うりふた》つで、親村が下地島にあるのは、僅《わず》かに標高が高いからだった。しかし双子島の正面に広がる西表島の大山脈から見れば、その高さは丘にすらならない。

ギールーは真魚を上地島の浜辺の洞窟《どうくつ》に隠した。真魚はギールーにこう言ったのだ。

「私を殺せば父の海神は怒り、島を滅ぼすでしょう」

真魚を殺すわけにはいかず、かといって逃がすわけにもいかず、ギールーはしばし真魚の身柄を保留することにした。

「ワンはどうすればいいんだ……?」

悩んでいるのがそれだけだったら、まだツカサに相談すればよい話だ。真魚は網にかかってからずっと泣いてばかりだった。その姿が胸を抉《えぐ》るほど痛々しく、ギールーの良心を激しく揺さぶった。

「とりあえずおまえは島の女の恰好《かっこう》をしていろ」

ギールーはそう言って真魚の髪をカムロウ型に結い上げた。耳たぶの前で輪を作る結い方は、真魚の高貴な顔を引き立てた。真魚の髪の見事さはどうだろう。黒髪が鏡のように反射し、ギールーの手元を映し出す。ギールーは真魚の髪を梳《す》くたびにこれが夢であったらと願った。

カムロウに結われた真魚は鏡を見てはじめてにっこり笑った。

「ありがとう。こんな髪型は初めてだわ。ギールーさんは優しいのね」

つられてギールーも微笑んだが、心は晴れない。

親村に戻ったギールーを迎えてくれたのは、クヤマの託すような眼差《まなざ》しだった。

「ギールー。ザンは獲れましたか?」

「いや……。まだだ……」

咄嗟に嘘をついてしまい、クヤマの顔を見られなかった。クヤマは漁で冷えたギールーの体を温める料理を用意していた。食糧難だというのに米も豚肉もある。目差主の家だからできるもてなしだ。ジューシーを一口食べたギールーはあまりの美味《うま》さに唸《うな》る。クヤマは料理の腕も一流だ。

「ギールーが一晩中ザンを獲っているというのに、私が何もしないわけにはいきません」

クヤマはアダンの気根を採りに行くと言う。慣れない手つきで鎌を逆に構えた様は、いかにもお嬢様といった風情だ。しかしそれが逆に可愛らしくもあった。

「クヤマ様に重労働は向きません。どうか屋敷でお待ちください」

とギールーが制してもクヤマはどうしても手伝いたいのだと言ってきかない。一緒に網を編むことになり、ギールーはギクシャクした。

磯舟に　載しょうり
ナラ舟に　載しょうり
漕《こ》ぎぃな漕ぎぃな　みりばどぅ
押しぃな押しぃな　みりばどぅ
前泊に　下らしょうり
磯泊に　下らしょうり
ザン見るんで　走りき
亀見るんで　飛びやき

（舟にザンを引き上げて
舟にザンを載せて

漕《こ》ぎつ漕ぎつ　振りかえると
押しつ押しつ　島に辿《たど》り着いた

港にザンを下ろしなさい
浜にザンを下ろしなさい

村人たちがザンを見に駆けつけた
聖なるザンを見ようと飛んできた）

浜でギールーが歌うとクヤマもお囃子《はやし》を入れる。ユンタのリズムに合わせてふたりが軽快に網を編んでいく。

「ギールーの唄《うた》は聴いていて心が和みますね」

とにっこり笑ったクヤマにギールーは目を合わせられない。きっちりと編んでいくギールーの編み目と、レースのように優しく編んでいくクヤマの編み目がちぐはぐだった。浜の対岸にはつがいの上地島があり、そこに真魚を匿《かくま》っている。

「クヤマ様はザンを見たことがありますか？」

とギールーが尋ねた。

「ないわ。でもとても美しい動物だと父から聞いたわ。まるで人のように赤子を抱いているとか。古い言い伝えでは人魚だとか。でもそんなの迷信だと思うわ」

「迷信じゃないんだけどな……。いや、なんでもない」

クヤマは一瞬、網を編む手を止めてギールーを見つめた。

「アーリィ御嶽《ウタキ》にはザンの頭蓋骨《ずがいこつ》がいくつも祀《まつ》ってあるそうよ。島で獲れたザンは首を御嶽に納めるの。その頭蓋骨は人のにそっくりだってツカサ様から聞いたわ」

アーリィ御嶽は村人でも立ち入りが禁止されている聖域だ。ギールーはそこに真魚の首が納められるとは恐ろしくて考えたくもなかった。

「なぜこの島にだけ御用物が託されるんだろう。ザン以外のものでもいいだろう」

「ザンが獲れるから、パナリは八重山のなかでも特別な島だと父が言っておりました。でなければとっくに蔵元から無人島にされてしまっております」

「クヤマ様はこの島が好きですか？」

とギールーが尋ねた。クヤマの答えは明快だった。

「私は目差主の娘です。でもそうでなくても島を愛していたでしょう。私は島を愛するひとりの女であることに誇りを持っております」

「でもザンでクヤマ様は身売りされるのですよ。ワンのような卑しい身分の男に」

そうギールーが言うと、クヤマは聞き取れるかどうかの声で呟《つぶや》いた。

「身分差を超えるにはこの方法が一番なのよ……」

クヤマがなぜ首里の国王の側室になることを固辞したのか、本当の理由を誰も知らない。目差主の父親も側室にあがることを熱心に勧めた。側室となれば王族の仲間入りである。目差主の父は王族の外戚《がいせき》となり、八重山の蔵元に出世することになる。いや望めば王宮の名誉職にだって就ける。家のためを思えば側室になることが悪いことだとは思わない。だがクヤマはひとりの恋する女でいたかった。

「私はずっとギールーのことが好きだったの」

そう言うとクヤマは恥ずかしそうに網で顔を隠した。

「クヤマ様……」

ギールーは辺りを見渡して誰もいないことを確かめると、そっとクヤマの肩を抱いた。

上地島の浜辺の洞窟《どうくつ》ではアダンの気根で筵《むしろ》を編む真魚がいた。精が出てしまったのだろう。つい口ずさんだ唄にギールーは慌てた。

「真魚。唄を歌ったら人に見つかってしまうぞ」

「ごめんなさい。ひとりだと寂しくてつい……。ほら、ギールー見て。あなたを待っている間にこんなに筵を編んだわよ」

真魚の下半身を覆う筵は、極上品だった。こんな細かい編み目は島の名人でも編めないだろう。真魚は編んでいるうちにコツを覚えたようで、様々な編み目のパターンを独自に開発したようだ。編み目のなかに魚や貝などの模様が織り込まれていた。

「すごい。こんな筵は見たことがない」

筵は品質によって値が変わる。島で編まれる筵は八重山域内で消費される下布がほとんどで、高品質なものはできない。しかし織り子の技術次第では御用布と呼ばれる特別な織物に変わる。

御用布とは宮古・八重山に課せられた特別注文の織物のことだ。織物にはランクがあり、上布、中布、下布に分けられ、御用布となるのは上布である。上布は模様、絵柄を厳密に指定され、御用府座と呼ばれる役所で写を取り各番所で織らせる。織物のなかでも最高品質であることが求められ、徹底した品質管理が行われた。それというのも御用布の届け先は、国王や聞得大君《きこえおおきみ》と呼ばれる王族神、薩摩《さつま》藩の島津《しまづ》家などだからだ。織り子たちが半年かけて御用布を織っても不良品とみなされれば、差し戻されるほど厳格だった。

「これを私の代わりに年貢として納めてください」

ギールーは無言で何度も頷《うなず》いた。真魚を洞窟に匿い続けるにも限界がある。

「真魚。蔵元がこれを御用布と認めてくださらなければならない。来月には年貢船が来る。なんとか交渉してみよう」

「嬉《うれ》しい。地上は怖いところだと父から聞かされておりましたが、私は編み物が好きになりました」

真魚の無邪気な笑顔を見ていると、監禁されていることを自覚していないように思えた。しかも真魚は新しい楽しみまで覚えてしまった。

「ギールー、今日はどんな髪型にしてくれるの？」

そう言われると思って、ギールーは櫛《くし》と鏡と鬢付《びんつ》け油を用意していた。地上で不自由させているせめてもの詫《わ》びのつもりで始めたことだ。ギールーは真魚のカムロウを解き、櫛で髪を梳《す》いた。

「真魚の好きな髪型に結ってやろう。どんな髪型がいい？」

「私は海の女だから、一度は天女になりたいわ」

「天女か。見たことないがやってみよう」

真魚の髪を一本にまとめて頭上でふたつの輪を作ってみた。ふわりと浮いた髪はまさしく天女の浮遊感である。簪《かんざし》がなかったので島に咲く真っ赤なハイビスカスの花を挿してやった。

鏡を見た真魚は有頂天である。

「すごいわ。本当に天女みたい！」

真魚は細く割いたアダンの糸を宙に投げ、羽衣のように舞わせてみる。その無邪気な様を見ていると、とてもザンだとは思えない。むしろ人間よりも神聖な生き物に思えた。

「真魚。海に帰りたいのなら、帰してやってもいいんだぞ……」

「もちろん帰りたいわよ。でも楽しいからまだここにいるわ。ねえ、今度はいつ来てくれる？　明日《あした》はダメ？」

「明日は漁に出るんだ」

「またザンを獲《と》るの？」

「仕方ないだろう。王府からの命令なんだ」

「人間はどうしてザンを食べたがるの？　ザンは人間を食べないのに」

それを言われるとギールーには返す言葉がない。不老長寿の肉と称されるザンは王の御膳《ごぜん》になるもので庶民が食べられるものではない。

「ザンを食べたい偉い人がいて、その人を怒らせると村が困るんだ」

「仲間たちはパナリに近づかないようにしているわ。ザンは人間よりも頭がいいのよ」

「たぶんそうだな……」

真魚は自分で言った後で可笑《おか》しくなった。

「ザンにも馬鹿はいるみたい。それは捕まった私。でもギールーでよかったわ。あなた人間にしては優しいもの」

ギールーは何も言わずに洞窟を後にした。

あばぬ　うばいぬ
ならむぬゆ　ぱじけ

風さぐりぃ　名じけ
　ぎざんとぅりぃ　名ちぃけ
（あまりの慌てぶりに
　着物がはだけてしまった
　風のせいですと言い訳して
　乱れた着物を直しました）

　ユンタのなかで歌われるザンは果報の象徴だ。一頭のザンに島が沸き、租税を免除されるほどの価値を持つ。山も川もない平坦《へいたん》な小島のパナリに人が住む理由も、ザンがいるからだ。不自由を撥《は》ねのけても住む価値がある。

　しかしギールーはザン漁に迷っていた。

「新しいザンを獲らないと村が滅んでしまう。クヤマ様のお気持ちを踏みにじってしまう」

網を手繰っても手繰っても、ザンどころか魚一匹すらかからない。こんな不漁は初めてのことだ。手柄なく帰るわけにもいかず、ギールーは海で二日過ごした。島の不穏な風を予知したのはアーリィ御嶽《ウタキ》のツカサである。海人から一匹も魚を獲れなかったと相談され、神に祈願することにした。神の言い分はすこぶるまっとうだった。

「ザンを獲らせたのだから、しばらくは魚を獲らせないと神の仰せである」

その託宣に村人が首を傾げた。

「ツカサ様、なにかのお間違いではないでしょうか。ザンは獲れておりません」

「いや、確かにザンを獲らせたと仰せだ」

ツカサもこれはおかしいとわかっているが、神に異を唱えるわけにはいかない。ザンを獲りに行ったのはギールーだ。ただちにギールーを御嶽に連れてくるように命じた。

「ギールー、正直に答えよ。ザンは獲れたのか？」

ツカサの問いにギールーは無言だった。彼を庇《かば》うように前に出たのはクヤマだ。

「ツカサ様、ギールーはまだザンを獲っておりません。私が毎日舟を迎えて見届けております」

「クヤマは黙れ。私はギールーに尋ねておる。ザンは獲れたのか？」

ギールーは俯《うつむ》いたまま弱々しく答えた。

「ザンは……。ザンは獲れておりません……。その代わりにこれを納めます」

そう言って差し出したのは真魚が編んだアダンの筵《むしろ》だ。精緻《せいち》な技巧を施された筵に村人は目を丸くする。

「まるで御用布のようだ」

これほどの筵を編める者はパナリにはいなかった。蔵元もさぞや驚くことであろう。

ギールーが続ける。

「ツカサ様、今年の税をこれで納めるわけにはいかないでしょうか」

「これ、誰が編んだの？」

とクヤマがギールーの顔を覗《のぞ》き込む。

「ワンが編みました……」

「いつ？　私と一緒に編んだのは網だったでしょう？」

「漁に出たとき舟で編みました……」

クヤマは一瞬黙ったが、ギールーの背中を大袈裟《おおげさ》に叩《たた》いて笑った。

「もう、ウソばっかり。これは私が編んだ筵じゃないの」

そしてクヤマはツカサに代わりに詫《わ》びた。

「ツカサ様、ザンが獲れないお詫びにこれを蔵元に御用布として納めようと思います――」

その場はクヤマの機転で難を逃れたギールーだったが、真魚をいつまでも隠し続けることができないことを感じた。それにクヤマの行動も気にかかる。

ギールーは漁に出ると偽って、上地島に匿《かくま》った真魚に会いに行った。

「真魚。ツカサ様が疑っている。これ以上、島に匿っておくわけにはいかない。すぐに海に帰すぞ」

真魚は留守の間にまたアダンの筵を十枚編んでいた。

「イヤよ。私はまだここにいたいの！」

「人魚のくせになぜ陸にいようとするんだ。おまえの住む場所は海だろう」

ギールーの厳しい口調に真魚は涙目になる。

「だって、あなたが好きなんだもの……」

ギールーは力なく洞窟《どうくつ》に膝《ひざ》をついた。果たして自分はどうしたいのか見当もつかない。義に立てば正しい答えは自ずとわかる。ザンを納めれば村は救われる。クヤマが手に入る。一人前のザン漁の海人として認められる。だが義から目を背けようとする自分がいる。自分の欲するままに動くと、真魚の髪を梳《す》いていた。これが自分の答えだ、とギールーは思った。

「まったく、わがままな人魚だな」

ギールーは髪を結いながら苦笑する。真魚はギールーの唄《うた》をねだった。

さぎなさぎ　みりばどぅ
なぎぃなぎぃ　みりばどぅ
六目網ば　くぬみょうり
八爪網ば　しだしょうり
前泊に　下るしょうり
磯泊に　下るしょうり
磯舟に　載しょうり
ナラ舟に　載しょうり

真魚は切なそうにギールーの懐に顔をうずめた。

「私はこの唄に獲《と》られてしまった愚かなザン……」

上地島の洞窟に歌声が幾重にも響いた。洞窟の入口を覗く影があるとも知らずに。

パナリから蔵元に年貢船を出す日が来た。凶作のなか集められた大豆や粟《あわ》は十分な量とはいえなかった。石垣島から派遣された役人の蔵筆者も出来の悪さに渋い顔をしている。

目差主はパナリの地位の下落を危惧《きぐ》した。

「ザンが獲れれば面目躍如だったものを……」

せめてもの償いがクヤマが編んだというアダンの筵だ。蔵元から筵は下布に指定されている織物だが、目に適《かな》えば中布かそれ以上に認定してくれるかもしれない。

「クヤマ、おまえの織物を蔵筆者殿にお見せしろ」

クヤマは自信満々の笑みで蔵筆者にアダンの筵を広げてみせた。この筵に蔵筆者が興奮した。貝や魚、珊瑚《さんご》など細かな図柄が筵の編み目に透かしのように織り込まれているではないか。見ているだけで楽しい気分になる。

「筵にこんな精緻な図柄を織り込むとは、素晴らしい技術だ！　これは首里天加那志《しゅりてんがなし》（王）に献上するに値する品だ」

「上布に認定していただけますか？」

とクヤマが念を押す。

「パナリの税の足りない分はこの筵で十分だ」

その言葉に心配そうに番所につめかけた村人たちが安堵《あんど》の息をつく。そのときだった。クヤマは番所の庭に用意したアダンの筵に火をつけたではないか。柔らかいアダンの筵は瞬く間に燃え広がり、炎の柱をあげた。

「クヤマ様、なにをなさるのですか」

とギールーが止めようとする。だがクヤマは不気味に笑っていた。目差主の父も娘の気が触れたのかと恐ろしくなった。

「父上、ご心配なく。私はいたって正気です。なぜなら、このアダンの筵がなくても島は税を納められるからです」

「クヤマ、なにを言っているのかわからんぞ」

クヤマは佇《たたず》むギールーの頰を引っぱたいた。

「この裏切り者。ザンを上地に匿っているのはわかっているんです。そこであなたはなにをしたんですか。ザンの髪を結っていたんでしょう」

その言葉に村人が騒然となる。クヤマはギールーの行動がおかしいと気づいて尾行したのだ。そして上地島の浜の洞窟でザンと睦《むつ》まじくしている光景を見てしまった。激しい嫉妬《しっと》にかられたクヤマは公衆の面前で復讐《ふくしゅう》することを誓った。

「蔵筆者殿、御用物のザンを納めたく存じます。上地にザンはおります！」

ギールーは血相を変えてクヤマの足下に跪《ひざまず》いた。

「クヤマ様、それだけはどうかご勘弁を！」

「ギールー、あなたは海人の誇りを捨て、島人の期待を裏切り、私の気持ちを踏みにじりました。ザンに懸想するとは汚らわしいっ！」

クヤマは足下にすがりつくギールーを見て頭に血がのぼった。恋した男がこんなに愚かだったなんて。よりによってザンに気持ちを奪われるなんて、目差主の娘の体面を傷つけられ、クヤマは自分が炎に飛び込みたいくらいだった。

「ザンは獲れたのだな？」

と蔵筆者がギールーに尋ねる。頭を抱えたギールーはその場に泣き崩れてしまった。

「おまえは村の男でありながら、村人を苦しめていたのだぞ。ザンを出せば皆が救われるとわかっていたのに、なぜ隠していた？」

「それはザンが自分を殺すと海神の怒りに触れると警告したからです」

ギールーの父親が割って入る。

「ザンの魔力に囚《とら》われたな。あれほどきつく言い聞かせておいたのに！」

「申し訳ありません。申し訳ありません……」

と小さくなって詫びるギールーの背中をクヤマが優しくさする。

「海人としての義を為しなさい。そうすれば私はあなたを許して妻になりましょう」

クヤマは鉈《なた》をギールーの前に差し出した。


上地へと向かったギールーは、身を投げたい思いだ。村人の蔑《さげす》んだ目が怖かった。ツカサの怒りはもっともだ。ギールーの父が「ザンの魔力に囚われるとは！」と罵倒《ばとう》したのも当然だった。

「魔力なんかじゃない。ワンは本当に真魚が好きだった……」

この気持ちを海だけがわかってくれるような気がした。一点の曇りもなく、空の透明感に近い海だけがギールーの気持ちをわかってくれる。

「クヤマ様、こんなワンを許してください」

クヤマの言い分はどこまでも正しい。ザンとの恋に溺《おぼ》れた男を捨てることもできたのに、最後のチャンスをくれた。それは真魚の首を取って御嶽《ウタキ》に納めることである。

ザンぬ夫婦ゆ　見るんでゆ
亀ぬ夫婦ゆ　見るんでゆ
立ちぃな立ちぃ　見りばどぅ
潮ゆ干し　見りばどぅ
ザンぬ夫婦ぬ　くまりやんてぃ
亀ぬ夫婦ぬ　くまりゃんてぃ

浜の洞窟《どうくつ》から真魚の澄んだ歌声がする。ギールーは決心がつかずしばらく洞窟の入口の前で佇んだ。浜に照りつける日差しの強さに汗が噴き出る。まるでゆっくりと炙《あぶ》られていくような灼熱《しゃくねつ》だった。このまま焼かれて表層を覆う理性を焦がしてしまわないと、とても真魚に刃《やいば》を向けるなんてできやしなかった。感傷もいらない。想い出もいらない。自分が生きることだけを考える動物になってしまえばいい。

「ギールー？　そこにいるんでしょう？」

と真魚が浜に伸びるギールーの影に気がついた。促されて入ってきたのは銛を構えたギールーだった。獣のような眼をしたギールーが殺気を漂わせて洞窟に入ってくる。

「ギールー？　どうして？」

「真魚。すまない。こうするしかないんだ……」

　ギールーは銛を大きく振りかぶった。天を睨《にら》んだ銛が一気に壁に打ちつけられる。ギールーは何度も銛を構えようとしたが、そのたびに反射的に拒絶する自分が現れる。まるで心と体が相克しているようだ。最後、疲れ切ったギールーは背中を丸くして崩れた。

「できない。ワンにはできない……」

　そんなギールーを見つめた真魚はすべての事情を察した。

「ねえ、ギールー。最後にきれいに髪を結って。首里の王女様《ウミナイビ》のように」

真魚の背中に豊かな髪が零《こぼ》れ落ちる。ギールーは震える手で髪を梳《す》いた。

　あばぬ　うばいぬ
　ならむぬゆ　ぱじけ

風さぐりぃ　名じけ
ぎざんとぅりぃ　名ちぃけ
ギールーはいつものように歌いながら真魚の髪を王族のようにふっくらとしたカラジに結ってあげた。

「きれいね。ギールー、私を憶《おぼ》えておくならこの髪型にして」

と真魚は言った。ギールーは真魚の白いうなじにそっと唇を寄せた。

翌日、アーリィ御嶽に血に染まった風呂《ふろ》敷包《しきづつ》みを持ってギールーは現れた。物々しい雰囲気を纏《まと》ったギールーだったが、立ち居振る舞いが実に堂に入っていた。

「ツカサ様、ザンの首を御嶽に捧《ささ》げます」

「大義であった。ザンは手厚く供養しよう」

そばにいた蔵筆者は十年ぶりのザンの捕獲に満足そうだ。これで国王は喜ばれ、八重山諸島の豊かさを知ることになるだろう、とほくそ笑む。

「目差主様、御用物は首里天加那志にお納めください」

「実に天晴《あっぱ》れだ。パナリのザンに首里天加那志も喜ばれることであろう」

淡々とした会話のなかに生きる掟《おきて》が交わされる。分を弁《わきま》え、立場のなかで生き、義務を粛々とこなす。これが代々伝わるパナリの生き方である。

「ツカサ様に申し上げる。ザンは自分を殺すと海神の怒りを買うと言った。警戒されよ」

「ザンには古くからそのような伝承があるのはわかっておる」

ツカサはアーリィ御嶽を治める理由が、ザンの呪いの封印のためだと知っている。ザンは神の使いとして現れる。そのザンを国王が食べたいと所望するなら臣下は捕獲するまでのこと。そのザンのせいで災害に見舞われないよう、国王は御嶽を建立する。

「ギールー、そなたは海人として、ひとりの島の男としてザンを納めた。それ以上は心配するでない。これから先は私の仕事である。もし、島人に災厄が降りかかるのなら、それはザンの呪いを封じられなかった私ただひとりの責任である」

そう言ってツカサは一ヶ月間御嶽に籠《こ》もり真魚の魂の法要を行った。

ザンを獲《と》ったギールーは島の英雄になり、村人から祝福を受けた。

ギールーとクヤマは祝言をあげ、仲睦まじい夫婦として村人の羨望《せんぼう》を集めた。

そして翌年、事件が起きる。

パナリ若者　ば島　ぎら者
しるび山　まりゃあらぎ
あだに山　まりゃあらぎ
あだなしば　きりとぅし
よなかじば　ぱきぃとぅし
三日干し　晒らしょうり
四日干し　晒らしょうり

夫婦で網を編んでいたギールーはいつものように唄《うた》を歌っていた。そのとき、大地が激しく揺れた。

「クヤマ、地震だ。すぐに逃げろ…」

一七七一年四月二十四日。八重山諸島を震源とする大地震が起こり、巨大津波が島々を襲った。津波の高さは八十メートル。宮古・八重山で一万二千人が津波で死んだ。

津波は特にパナリで激しかったという。平坦《へいたん》なパナリを六度も横断した津波は、表土のほとんどを削り取ってしまった。

現在、パナリに村はない。

西表島
<small>イリウムティ</small>

八重山諸島の屋根と呼ばれる西表島は、南海の秘境だ。八重山諸島のなかでもっとも巨大で人を寄せつけない。高峻《こうしゅん》な山肌は常に雲のヴェールを纏い、その全貌《ぜんぼう》を見ることは不可能である。

西表島は木星に喩《たと》えられようか。惑星のなかで圧倒的な存在感を誇りながら、その表面は未踏である。また巨大な島は重力を生む。西表島周辺に散在する小島は重力場に囚《とら》われた衛星のようだ。

小浜島から望む西表島は大陸に見え、黒島から望めば青い雲に映り、新城島から望めば空の下半分を占める。そして西表島から生み出される山の呼気は、深淵《しんえん》な原始の記憶をくすぐった。

西表島を訪れる者は幽邃《ゆうすい》な太古の自然を求めてやってくる。文化も言葉も生まれる前、人がまだ野鼠のような姿だった白亜紀の景色に魅せられる。この島に人が人らしく存在できる場所はない。

島の大原港《おおはら》に朝一番の定期便がやってきた。島の玄関は山の切れ目の僅《わず》かな平地である。西表島より高い山脈は世界中至るところにあるが、この島の山の特徴は高さではなく深さにある。今入口で見上げているのは氷山の一角で、一歩足を踏み入れればコンパスも役に立たない熱帯雨林になる。

下船するラフな恰好《かっこう》の観光客のなかに場違いなほど重装備な山姿の四人の若者たちがいる。彼らが記念撮影で広げた横断幕には『明成大学探検部』と記されていた。東洋のガラパゴスと呼ばれる西表島ではよく見られる光景だ。若さゆえの冒険心と好奇心と蛮勇を同時に試せる場所は世界でもそれほど多くない。

到着したばかりの彼らに定年間近と思われる男が近づいてきた。

「私は島の研究所で技師をしている古見《こみ》と申します。もしかして山で野営を予定していませんか？」

「はい。そうです」

と答えたのは学生リーダーの岩村伸也《いわむらしんや》だ。西表島にはこれまで三度訪れているベテランだった。なるほど彼の装備は充分でありながら無駄がない。厚手のネルシャツ、トレッキングブーツ、軍手、ビーチにいる観光客とは一線を画す山の、しかも沢を想定した姿だ。

古見は彼らが慣れているからこそ呼び止めたのだった。軽はずみで無思慮な若者はたいてい海で羽目を外す。しかし海の事故ならまだ諦《あきら》められるが、ここは山の島である。

「そこの看板をご覧なさい。今年に入って六人だ」

と古見が指す張り紙を見る。岩村はまるで選挙の公示板のように一面に張られた写真に圧倒された。行方不明者のリストである。

この人を捜しています。

《プロフィール》
土屋浩一（23歳）
身長：178センチ　体重：68キログラム
特徴：口髭、坊主頭、少し痩《や》せ型

《経緯》
2010年7月30日　西表島北部マーレー川の河口から『幻の湖を見に行く』と言い残し、友人と別れる。後、連絡が取れなくなる。西表島を出た形跡がなく、島内にいるものと思われる。

《現状》
地元の方々の協力を得て何度も山中を捜索しましたが、未だに発見されておりません。

《情報提供》
どんな些細な情報でも結構ですので、情報をお持ちの方は下記の連絡先までご連絡ください。ご協力よろしくお願いいたします。

写真と不明時の身なりが描かれたイラスト入りで、消息が尋ねられていた。他のどの写真も似たような山装備のイラストと写真で情報を呼びかけている。ここに張り出されたら死亡者と同義だと西表島の人ならみんな知っている。

「彼らは遭難したのですか？」

「遭難したとしか報道できないから厄介なんだ」

「まるで殺されたような言い方ですね」

古見は得たりと目だけで答えた。細面の顔に似つかわしくない鋭い目つきに岩村は背筋に寒気を覚えた。

「あなたたちは山に慣れていらっしゃるようだが、この島での登山は諦めていただきたい」

「なぜですか？　ぼくたちは事前にルートを研究して装備も食料も通信機器も充分備えていますし、この島の山の深さは何度も経験しています。決して無謀な登山ではありません」

「彼も、行方不明になった土屋さんも、先月私にそう言ったよ。そして遭難した。いや、あいつに殺されたんだ！」

「あいつって誰ですか？　山に誰かいるんですか？」

「地元では山の娘と、私は『メールビ』と呼んでいる……。メールビが復讐《ふくしゅう》しているとしか思えない」

「復讐って誰にですか？」

「あいつが本当に殺したいのは私だろう」

古見が島を案内すると言って、研究所のワゴン車を出してくれた。西表島には大学や企業の研究所があり、新種の植物から新薬が開発できないか日夜研究している。都会でよく見かける特徴のない研究所も鬱蒼《うっそう》とした熱帯雨林に隣接していると、文明が頼もしくも儚《はかな》いものに映った。

「古見さんはどんな研究をされてるのですか？」

と代表の岩村が尋ねる。

「私の研究は主に『絶滅』にある」

「ああ、絶滅危惧種《きぐしゅ》を救う研究をされているのですね」

「いや、絶滅させる研究だよ」

と古見が薄い唇を吊《つ》り上げて笑った。

古見が言うには、農業の発展の上でどうしても絶滅させなければならない種があるという。八重山諸島で代表的なのはウリミバエだ。沖縄全域に生息する小型の蜂のような虫で、ウリやゴーヤなどに産卵する。被害拡大を避けるため植物検疫がかけられ沖縄県は本土向けに野菜を出荷することができなかった。

古見が自分の仕事を簡単に説明しようとガラスケースに入った虫を見せる。

「これがウリミバエの雄だ。ガンマ線を照射し、遺伝子に欠陥を持たせてある。この雄は交尾しても卵化しない」

岩村たちがガラスケースを覗《のぞ》くと千匹以上の蝿がガラスにびっしりとついていた。

「この不妊蝿を一万匹ほど自然界に放つ。すると雌が交尾しても卵化しない分、個体数はやや減る。また一万匹放つ。すると次の年はもっと減る。また一万匹放つ、だいたい想像がつくだろう」

「確率的にゼロに近づけていくのですね」

「絶滅は数学的思考で紙の上で行われるのだよ。絶滅作業から二十年を経て統計学上、ウリミバエは根絶されたものと推測される」

理路整然とした話しぶりに岩村たちがほうと唸《うな》る。野放図な自然が魅力の西表島に、自然を制御しようとする男がいたなんて意外だった。

「古見さんは、さっき港でぼくたちに山に入るなと仰《おつしや》いました。その、メールビとかがいるとか……」

これが古見が島の語り部《べ》のような男だったら、岩村も文化人類学的研究のテーマとして聞いただろう。しかし古見は理系で非科学的な思考をする男ではないと見受けられる。古見は何を知っているのか岩村は興味を持った。

「断っておくが、私は迷信が嫌いだ。この島で人間性を保とうとするなら前近代的な考え方を捨てることだ。でないと山に理性を喰《く》われてしまう」

出されたコーヒーカップもミニマルで実用性しか感じられないものだ。そしてコーヒーの味も、期待しないで飲む分には最低限の味を確保していた。

コーヒーを一口飲んだ古見は記憶を手繰るように語った。

「私がメールビの存在を知ったのは、子どもの頃だっただろうか……」

彼がメールビの存在に気づいたのは今から五十年近く前のことだ。まだ少年だった彼は、由布《ゆ ぶ》島の小中学校に通っていた。西表島は当時から未開の地で生粋の地元人が少ない土地だ。少ない農地を開墾するために移住する者が多かった。しかしあまりにも厳しい自然に負け、島を離れていく者も多い。古見の家族もまた農地を求めて西表島にやってきた新参者だった。

古見家族が小さな由布島に住んだのも人智が届く範囲だったからに他ならない。耕作地を西表島に持ち、住居は由布島に構える。西表島はあまりにも人間に厳しく、海を隔てて接しなければ山の呼気に当てられてしまう。特に夜は山の夢が人界にまで下りてくると恐れられていた。

当時のツカサがメールビの伝説を子どもたちに教えてくれた。この山の奥には不思議な部族が住んでいるという。彼らは原始の姿で古代人のような営みをしているという。今いる島の人たちとは一線を画し、山とともに生きる部族だそうだ。彼らは自ら人口調整を行う風習を持つといわれた。即ち、山の生態系を壊す自分たちを間引くのだ。そしてメールビは女性だけの部族だという。

「二十一世紀の日本にそんな原始部族がいるなんて聞いたことがない」

と岩村が口を挿《はさ》む。

「私も当時は子どもを脅す大人の口実だと思っていた。そうやって不用意に山に近づかせないようにお伽話《とぎばなし》をしているんだと思っていたんだ」

ある日、古見少年が父母のいる畑にでかけた。日は傾き、海が黄金色に染まっていた。由布島は西表島と海で隔てられているが、その水深は満潮時でも膝上《ひざうえ》ほどである。島の往来は舟を使わず徒歩で充分だった。ズボンの裾《すそ》をたくし上げた古見少年は、ざぶざぶ脚を洗いながら西表島に向かった。由布島は安全だったがあまりにも小さすぎてプライバシーがないのが玉に瑕《きず》だ。少年で、しかも思春期のまっただ中で、人目のつかない場所を探すのに一苦労だった。

「中学に入ると同級生たちがね、エッチな話をするようになったんだ。私はそういう話からもっとも遠い存在だと思われていた。喘息《ぜんそく》持ちだったし、体育も見学が多かったから無理もない。でも私にも体の変調はきていたんだ……」

理性はありながら体は勝手に熱を帯びる。このジレンマを解消するのに、もっとも簡単なのが自慰だった。しかしおおっぴらに自慰をするのも気が引ける。古見は西表島の太古の息吹《いぶき》のなかでひたすら体を冷却するように自慰に耽《ふけ》ったという。田舎の虚弱秀才が山に隠れてそんなことをしていると知られるのは、自殺するくらい恥ずかしかった。同級生たちはもっとアッケラカンと性を解放しているというのに。古見は人目につくのを恐れ、次第に山の深みにまで足を踏み入れていった。

不思議なことに、山の奥に行くたびに自慰の快感は深まっていった。噎《む》せ返るほどの草いきれと雨になる寸前の湿気が理性を解いていく。由布島では邪魔なペニスが西表島では人格の中心だった。自分のなかにあると思っていなかった野性に戸惑いつつも翻弄《ほんろう》されているのが心地好《よ》い。自慰をすませた古見は、開放的な気分になって立ち小便をした。そのとき足下に咲いていたニュウメン蘭の花弁を的にした。たぶん、それがメールルビ族の求愛の合図だったのだろう。

「ニュウメン蘭って絶滅した幻の蘭のことですね？」

と岩村が言った。紫陽花《あじさい》のように球形状に咲く白い蘭だ。すると穏やかだった古見の口調が怒声に変わった。

「私がこの手で絶滅させた。メールビを滅ぼすために！」

古見の放った小便の匂いが山の呼気に包まれメールビの鼻に届くのには、それほど時間はかからなかった。またいつものように山でペニスを自由にしていたときだった。古見の前に褐色の少女の顔が上下逆さに現れたではないか。一瞬、古見は猿の一種かと思った。細い腕、細い腰、細い脚、どこかに長い尾があってもおかしくない体つきだ。それが女だとわかるまで古見はペニスを勃《た》てたままだった。女の視線が古見の股《こ》間《かん》に注がれているとわかったとき、古見は初めて脱いだズボンを探した。古見の前でくるりと着地したメールビは、持っていたニュウメン蘭を古見に差し出した。

「私はてっきり彼女が求愛したんだと思っていた。だけどメールビのしきたりでは、ひとりひとりにニュウメン蘭があって、その花の持ち主に男が求愛するらしい。それを女が受け入れたら婚姻成立となるようだ」

「なるようだって、古見さんはメールビに聞いたんですか？」

「いや、メールビの言葉はわからない。ただ彼女が私を受け入れたことだけはわかった」

メールビは古見ににじり寄るや勃起《ぼっき》したペニスに手を添えた。古見は自分とそう年も変わらない少女が男の扱い方を知っているのに驚き、その手を払うことができない自分の脆《もろ》さに愕然《がくぜん》とした。メールビは文化的な美とは無縁の姿だが、性愛に必要な美は充分に備えていた。そして言葉を介さなくとも、するべき準備は整っていた。

山がざわざわと鳴き、無数の蝶《ちょう》が番《つがい》になり、辺りには花粉が舞い、目の前の光景のすべてが発情していた。それは古見にとって神秘的な体験だった。木漏れ日さえも雌雄に分かれて求め合う。目の前にあるものとペアになれ、と山が囁《ささや》くのだ。古見はメールビにされるがままに体を任せた。沢の音と自分の鼓動で耳が押し潰《つぶ》されそうだった。女を抱くのは初めてだったが、想像していたよりも重い。まるで古いトラックに乗っているようにガタガタ振動して背中が痛い。痛みに耐えかねてメールビを下に組み伏せるが、彼女もまた痛いのだろう。喉《のど》を絞るように喚《わめ》き上に逃げようとする。そのたびに泥が体を覆っていく。古見は「うるさい」とか「じっとしろ」とか命令口調だった。沢を転げ落ちて岩盤に身をぶつけたとき、脳震盪《のうしんとう》で失神しかけた。だが快楽の手綱が意識を手繰り寄せる。メールビが背中に爪を立てたとき肉が刮《こそ》げ落ちる感覚がした。恐らく背中は血まみれだろう。だが痛みよりも体の中心に衝《つ》き上げる疼《うず》きがある。まるで体の中に長い虫がいて、体を破って出ていくような感覚だった。最後、古見は自分の絶叫で体を取り戻した。

「初体験が青姦《あおかん》だったなんて古見さんすげえな……」

と岩村が連れてきたメンバーが呆《あき》れたように呟《つぶや》いた。こうしてテーブルを挟んで話す分には、古見は強烈な性体験があったタイプには見えない。むしろ性欲が欠落している草食系に思える。

「それで古見さんはメールビ族の仲間になったんですね」

「違う。メールビは妊娠するために島の男と性交する。そして女の子だけを出産する」

「男の子だった場合は?」

「人口調整する」

「それは間引くという意味ですか?」

「男の子が生まれたら芭蕉《ばしょう》の葉に包んでマーレー川に流す。彼女たちの風習なのだろう」

古見がその事実を知ったのは中学三年のことだった。あの原始的な性交の記憶も薄れかけた春先、マーレー川の河口に芭蕉に包まれた嬰児《えいじ》の死体が漂着した。初めは死体遺棄事件かと島中が騒いだが、芭蕉の葉の中に副葬品が入れられていたのを古見が発見した。それは古見の通う中学の校章だった。そのとき古見は初めて自分のしたことの愚かさを知った。

「私は父親になる気もなく、かといって自分の子を見捨てることもできず、ただただ呆然《ぼうぜん》と砂浜に蹲《うずくま》った。自分の手で人をひとり殺したような気分だったよ……」

古見は山を見るたびに罪悪感にかられるようになった。そして逃げるように石垣島の高校に進学し、メールルビのことを忘れるように女を避けた。古見はそれが贖罪《しょくざい》からくるものだと思っていたが、実は違った。女に欲情しないのではなく、メールルビとの原始的な情事にしか興奮しなくなっていたのだ。嫌悪感とは裏腹に、寝入りに瞼《まぶた》に映るイメージはメールルビとの鮮烈な体験だった。あれは文明の中にいたら決してできない体験だ。少なくとも女性に人格を認めてしまったら、性交は文化的振る舞いになる。あのひたすら自分の欲望に忠実に、人格をかなぐり捨て、自分の命を引き替えにするような興奮をもう一度味わいたいと思うようになった。

夏休みで島に帰省したとき、西表島の山の呼気になんともいえないエロチシズムを感じた古見は、後悔するとわかっていながら山に入った。そしてニュウメン蘭を見つけるや片っ端から小便をかけて回った。

ほどなく五人のメールビが古見の前に現れ、毎日入れ違いに、はたまた三人同時に、寝る暇も惜しんで性交に溺《おぼ》れた。メールビの髪を引っ張り、時には投げ、邪魔な上半身は脚で押さえ、前戯も愛撫《あいぶ》も囁《ささや》きもなくひたすら結合と命令と絶叫を繰り返す獣染みた性交を繰り返した。メールビもおとなしく順番を待つようなことはしなかった。古見の上に乗っている仲間を背後から石で叩《たた》き、我先にと飛びつく。用があるのは古見の下半身だけで、顔を見てもニコリとも笑わなかった。ただ彼女たちは子宮に精子を迎え入れることだけに集中している。それはまるで命を燃やして灰になるかのような喘《あえ》ぎ声だった。メールビに限界はない。休むことも許されず、体がカラカラに乾くまでひたすら精を搾り取られた。古見は「いい加減にしろ。この売女《ばいた》め」とメールビの顔面を殴って振り落とした。折れた鼻を覆って逃げていったメールビの後ろ姿が滑《こっ》稽《けい》だった。そんな日々を山の中で一ヶ月過ごした。汗と血と精液を沢に流し続ける日々だった。

新学期に不調を感じて保健室を訪れるまで、古見は肋骨《ろっこつ》を折っていたことにさえ気がつかなかった。

そして十ヶ月後、マーレー川の河口に三つの嬰児の死体を包んだ芭蕉の葉が漂着した。

「古見さんってば、業が深すぎだぜ……」

古見は自分の所行にほとほと呆れ、呪い、人生を放棄したような気分で東京に逃げた。そして言い訳でもするかのように、製薬会社で働き、そこで知り合った女性と結婚し、つとめて凡庸で愚鈍でアイデアのない家族を営んだ。強い興奮や刺激は人生を滅ぼすと自戒し、極力何にも興味を持たないように、喜怒哀楽のすべてを押し殺したように生きてきた。家族はそんな古見を、なにが楽しみで生きているのかわからない男、と捉《とら》えていた。

ある日、東京で過ごしていた古見の元に実母の死の報《しら》せが入った。二十年ぶりに忌まわしい記憶の島に戻った古見は、幼い頃と変わらずに繁茂する山の景色に見入った。

そのときの思いを古見が語った。

「実に不思議な思いがした。東京の景色は毎月変わっていくのに、ここは子どもの頃と同じ景色で止まっている。いや私が生まれる前からずっと同じままなのだろう。もしかすると私が死んだ後も、人間がいなくなった後もずっと同じだろう」

その時、古見は罪は罪のまま息づいていることを思い知らされた。連れてきた中学生の息子に山に入るな、と昔ツカサから教わった通りにメールルビの話を告げた。しかし都会育ちの息子は初めての熱帯雨林に興味津々だった。ほんの入口までと言い訳をした後は、山の妖《あや》しい誘惑に乗せられ、深みに足を踏み入れていった。

「それで爺《じい》さんの子どもはどうなったんだ?」

「私と同じようにメールビに誑《たぶら》かされたんだろう……」

「なんではっきりしないんだ。問いただせばすむ話だろう」

古見は聞こえるかどうかの微《かす》かな声で呟いた。

「息子は山に入ったっきり戻ってこなかった……」

息子が山で遭難したと知った古見は地元の人の協力を得て、大捜索を敢行した。西表島の場合、山の入口とは川のことである。舟で川を上り、できる限り山を避ける。そして舟が行けなくなった場所から山に入る。原始的なシダ植物類に覆われた熱帯雨林は、登山に慣れた者でも、すぐに音を上げる。鬱蒼《うっそう》と茂るジャングルは自分の足下も確保できず、二歩先を歩く仲間の背中さえ見えない。声をかけても沢の音で掻《か》き消される。水は四方八方から噴き出し、歩いた後から道が崩れる。頼りになるのは往路を示す一本のロープだけだった。崖崩《がけくず》れで切れていなければ舟を附《つ》けた川岸まで帰れる。

古見は捜索隊の先頭を切って息子を捜したという。

「この島の山はあまりにも深い。あなたたちが知っている本土の山とは違う。本土にも厳しい山はあるだろう。だが、ここは人間が克服できない圧倒的な自然がある。未《いま》だにこの島の正確な地図がないのは、人が踏み入れられない場所が多すぎるからだ。私たち捜索隊も危うく遭難しかけるところだった……」

捜索には一定のルールがある。朝一番に山に入ったら昼過ぎには帰路につかねば、遭難してしまう。実際、安全を確保しながら遭難者を保護できたケースはほとんどない。三度捜索したら、打ち切りだった。それから十年ほど待って死亡したものとみなす。これが海の遭難と決定的に違うところだ。海の遭難は比較的死体が見つかる可能性が高い。遭難後一週間以内には生死が判明する。だが山は生きているかもしれないという可能性を捨てきれないまま、捜索が打ち切られてしまうから、遺族にはなかなか死を受け入れられない。古見もそのひとりだった。

「息子さんは生きていると思われますか？」

「わからない。生きていてほしいと毎日祈っている。まるでシュレーディンガーの猫だ」

古見は三十年経ってもまだ生存の可能性に縋《すが》っている。古見も息子の死が日々確定していくのはわかっている。

シュレーディンガーの猫とは、量子論における思考実験だ。箱の中で猫が生きている確率と死んでいる確率が箱を開けて観察するまでは一対一で重なり合っているという命題だ。古見の思考では息子の死体をこの目で見るまで、生きている状態と死んでいる状態が同時に存在している。山は生と死という両極端の事象を重なり合わせて存在させる量子論的空間だ。

「息子さんがメールルビに誑かされたという証拠はあるんですか？」

古見がポケットからハンカチに包まれた品を広げてみせた。そこには息子の学生証が入っていた。

「十ヶ月後、マーレー川の河口に芭蕉《ばしょう》の葉に包まれた赤ん坊の死体が流れ着いたよ。その中にこれが入っていた。私はメールルビを許さないと誓った」

「どうしたのですか？」

古見は不敵に笑った。

「絶滅させるんだよ。それが私の仕事だ」

その後、島に技術者として残った古見はメールルビの求愛の印であるニュウメン蘭の花を片っ端から伐採した。二度とメールルビたちが島の男と性交できないように。彼女たちを地上から一人残らず絶滅させるために。

「でも野生の蘭を絶滅させるのは手作業だけでは不可能だ」

と岩村が指摘する。すると古見はガラスケースに入ったウリミバエを指でさした。

「ニュウメン蘭は特定の虫を媒介して受粉する。その虫がいなければ株は減る」

岩村は古見の解説に納得がいった。古見はこうやって空調の効いた無機質な部屋で絶滅を科学的に行っているのだ。

「今ではニュウメン蘭はこの研究所で栽培されている株だけだ」

研究所のラウンジの窓辺にあるくす玉のような蘭がそれだ。

「だからさっきメールビは古見さんに復讐《ふくしゅう》しようとしていると仰《おつしや》ったんですね」

ニュウメン蘭の絶滅にメールビたちは風習を捨て、片っ端から島の男を襲うようになったという。それが行方不明者の激増に繋《つな》がったらしい。

「だから、山に入るのは遠慮してほしい。これ以上、メールビによる被害を増やすわけにはいかないのだ」

そう言って古見は岩村たちを港まで送った。

しかし冒険心旺盛《おうせい》な若者たちが、黙って帰るわけはなかった。この日のために綿密な準備と少なからぬ資金を費やしてきたのだ。

「岩村、まさかおまえは帰るって言わないよな?」

「オレはメールビに興味がある。筆下ろしには最高の相手じゃん」

「谷沢、おまえまだ童貞だったのかよ」

「一度でいいから野獣のようなセックスしてみてえよ。本能的っていうか、肉欲だけの雄と雌の交尾っていうか、オレは動物だあって感じのセックスって憧《あこが》れるよな」

と谷沢は腰を振りながら電柱に抱きついた。

岩村は冷静に状況を判断し、港の案内所でメールビについて尋ねて回った。すると島人は一様に「島にそんな部族はいない」と言う。中には鼻で笑う者もいた。そこで岩村はサバニを停泊させていた海人《ウミンチュ》の老人にも確かめてみることにした。

海人の老人はこう答えた。

「儂《わし》は生まれも育ちもこの島だがメールビなんて聞いたことがない。もしかしたら山の精霊のことじゃないかな。島にはいろんな精霊の話があって、そのひとつがメールビかもしれない。メールビを神と崇《あが》めている村の話じゃないだろうか……」

「じゃあ、島の伝説というほどの話じゃないんですね」

「ここは神様や精霊の名前なら島の人間よりも多い島だからな」

そう言って老人は快活に笑った。きっと古見は局地的な信仰の話をしたのだろうと岩村は考えた。そして仲間たちに告げた。

「予定通り山に入ろう」

西表島北部にあるマーレー川はカヌーが盛んだ。左右のマングローブ林や熱帯雨林がほどよい迫力で視界を楽しませてくれる。カヌーを借りた四人は、慣れた手つきでマーレー川を上った。

カヌーを推し進めた岩村は、緑色が安らぎの色ではなく喧噪《けんそう》の色だと痛感した。水面を覆い尽くすように自生するマングローブ、その奥に山から零《こぼ》れ落ちる巨大シダがある。

「あの木、子どもの頃に恐竜図鑑で見たことがあったな」

という谷沢の言葉に岩村はなぜ川を上りはじめてから頭が混乱していたのかわかった気がした。これを手つかずの自然と思おうとしてもはみ出してしまうものが多い。はみ出したものの正体、それが谷沢の言葉だ。これは白亜紀の恐竜時代にも見られた光景だろう。カヌーは時間を遡《さかのぼ》るタイム・マシンだ。

青い香りが肺に充満するたびに、岩村は個の弱さと向き合わされた。充分な装備も知識も経験も、太古の自然と闘うにはあまりにも貧弱な気がしてくる。

「もしかしたら宇宙飛行士もこんな気持ちで宇宙遊泳しているのかもな……」

人が自由なのはインフラとコンビニに守られた都市のごく一部においてのみなのではないか。西表島の動植物の名なら百はわかるはずなのに、無力感に押《お》し潰されそうになった。それは宇宙空間で国境の見えない地球を眺めているのと同じことなのかもしれない。

カヌーは小さな滝の前で行く手を遮られた。ここから先は徒歩だ。

連日の雨のせいで、至るところが沢になっていた。岩村の記憶では去年ここは足場のしっかりした道だったはずなのに。頭上から真横から噴きかかる水に芯《しん》の強い香りがある。山の体臭は微《かす》かにアルコールのような揮発性の匂いがした。

「谷沢、安西、楠本《くすもと》。いるかあ？」

岩村の声が沢の激流に押し流されていく。振り返っても仲間は気配すら見せない。岩村の足下から雲が湧いていて一面が靄《もや》に覆われていたからだ。湿度は百パーセント、息を吸うと下唇と歯茎の隙間に水が溜《た》まった。歩くたびに濡《ぬ》れた葉が枝ごと顔にへばりつく。微かに脇の下から「いわむら」と聞こえる。一本道を歩いてきたはずなのに、仲間たちは下の獣道を歩いていた。

「おおい谷沢。上だ、戻って上の道を探せ」

「上に行く道なんてなかったぞ」

遭難の前触れともいえる小さな齟齬《そご》に岩村は身を強《こわ》ばらせた。足の感覚だけで歩くと、思わぬ道に惑わされるものだ。後から考えるとどう見ても道ではないのに、そのときは正しいと判断している。このミスが二つ重なると人間の感覚では修正がきかなくなる。一つ目のミスに気がつけるかどうかが遭難と生還の境を分ける。

ジャングルの中は暗いがもうすぐ正午だ。進むか戻るかの判断のタイミングだ。中止と決めればすぐに引き返す。そうすれば夕方までにはマーレー川の河口に戻れる。進むと決めたら野営する場所を確保しなければならない。岩村は仲間たちが追いつくのを待っているうちに、野営の選択肢しか残されていないのを知った。

「岩村、おまえ歩くの速いぞ」

とメガネを水滴まみれにした谷沢がやってきた。岩村は決して速いわけではない。二時間でたった二キロメートル弱しか距離を稼いでいないからだ。

「もう少し行くとテントが張れる場所がある。今日はそこで野営しよう」

「あとどれくらい？　もう足が重くて動けねえ」

と着衣を崩した安西が四つん這《ば》いで息を切らす。小太りの安西が痩《や》せて見えるのは体半分が泥の迷彩色に染まっているせいだ。

「あと一キロちょっと、時間にして三時間くらい」

「一キロ歩くのに三時間もかかるのかよ」

野営地から先は一時間で百メートルしか歩けない難所が待っている。岩村はそのことを告げられなかった。

「これのどこが沖縄なのさ。リゾートとビーチはどこにあるのさ。水着の女の子はどこにいるのさ」

沖縄旅行が初めての楠本は、もっと遊び心満載な少年期の冒険を期待していたのに、当てが外れてしまったようだ。

ジャングルの夜は海側より二時間早く訪れる。テントを張るまでに四人は一日の全ての体力を使い果たした。

四人は靄と闇と濁流音が轟《とどろ》くなかでひっそりと身を寄せた。

「メシどうしようか」

「オレは食欲ねえ」

「もう眠りたい」

「食べておかないと明日がきつくなるぞ」

声の方向で互い違いに顔を向けていると気づいた。昼も緑の闇で何も見えなかったが、夜は天地左右がわからなくなる。谷沢が無意識にポケットをまさぐって携帯電話を開いた。その明かりを頼りに仲間の位置と空間を記憶する。

「げ。圏外だよ。八ヶ岳《やつたけ》でもアンテナ二本立ったのに」

ワンセグも見られないとこぼした谷沢は、小用を足しにテントを出た。懐中電灯の明かりは宇宙に空いた穴だ。丸い輪郭で切り取られた範囲しか見えない。まるで天井裏から部屋を覗《のぞ》いているような断片の世界だった。

その覗き穴の世界で明かりが何かを捉《とら》えた。

「あれはどこかで見たような気がする……」

谷沢が目を凝らすと、そこには昼間、古見の研究所のラウンジで見たニュウメン蘭が咲き誇っていた。

「絶滅させたって言ってたのに、まだ野生種が残っていたんだ」

無数の花を枝垂れに咲かせるニュウメン蘭は野性味の強い花だ。独特の気だるい芳香は可憐《かれん》な姿に似つかわしくない。この香りを利用してメールビは求愛するのだろう。

谷沢はちょっと好奇心にかられて足下のニュウメン蘭の花に小便をかけた。小便と花の香りが混ざり、化学反応のような妙な香りが立ち籠《こ》めた。

「うひひひ。これで脱童貞かもな」

谷沢は小便の傍ら、妄想で勃起《ぼっき》していた。思わぬ方向に飛び散る小便に難儀したが、ペニスはますますいきり勃《た》つ。目を開けても何も見えない闇に、谷沢はメールビの裸体をイメージした。彼の好みの美少女フィギュアのように細い腕、細い腰、長い脚、そして肉食獣のような猛々《たけだけ》しい性交。そんなことを想像して谷沢は息を荒らげ、ペニスを激しく擦《こす》った。

「メールビ。メールビ。メールビ。おおおお！」

止まらない射精に谷沢自身が驚く。まるで骨髄が搾り出されているような重苦しさに谷沢は立っていられなくなった。暗くて見えないが、もしかすると動脈が切れて尿道から大量の血が噴き出しているのではないかと思ったほどだ。快感を通り越して命の危険を感じさせる。やがて眼底を白く染めた谷沢は、その場で失神してしまった。

山の朝は雲とともに明ける。未明に湧いていた霧が上昇気流とともに雲となって空にあがっていく。テントの屋根には逃げ遅れた霧が溜まっていた。岩村は仲間がひとりいないことに気がついた。

「おい、谷沢を見かけなかったか？」

「おしっこしに行ったのは覚えてるけど、それから先は寝てたからよくわからない」

「谷沢ぁ。おーい谷沢ぁ！」

岩村は付近を捜したが、谷沢の姿はなかった。この付近に沢はないし、よほど不注意でなければ滑落することもないから野営地に選んだのに、谷沢はどこに行ったのだろう。岩村の脳裏に「遭難」という不吉な言葉が浮かび、それを打ち消そうとまた捜し回る。谷沢の性格から考えて、もし遭難したらその場に留《とど》まるはずだった。そして岩村が見つけやすいように音を鳴らしたり、鏡を使って自分の居場所を報《しら》せようとしたりするだろう。

楠本が冷やかすように笑った。

「もしかしてメールビに会って童貞を捨ててる最中だったりして」

「バカ。あいつが三次元の女を相手に上手《うま》くやれるわけないだろう」

「美少女ゲームのようにマウスがないとやれないって言ってるかも」

「なにそれ?」

「岩村は知らないの? あいつの得意技はダブルおっぱいなんだぜ。マウスを二台使って、画面の女の子のおっぱいを触るの。それが手の代わり。あいつはもう一生彼女はいらないって豪語してた」

西表島探検にも谷沢はゲーム機を持ち込もうとしていた。そんな彼がジャングルの中をひとり彷徨《さまよ》っているとは思えない。谷沢と親しかった楠本が、付近を探してくると告げた。

楠本は谷沢の名を呼びながら、見通しのよい場所を探す。突き出した腕の先が植物に遮られて見えないほど視界は悪い。鉈《なた》を四方八方に振りながら進む様は、炭坑の坑夫のようだ。枝を切っても切っても、前が開けない。ガツンと強い衝撃が楠本の腕を痺《しび》れさせた。鉈は宙に浮いたまま頭上から落ちる気根に刺さっていた。

「こんなの無理だよ……。ここは山なんかじゃないよ……」

天然の分厚い柵《さく》を前に楠本は途方に暮れた。この太い気根に刃物では太刀打ちできない。火炎放射器で焼くか、ブルドーザーで押し破るかしない限り前には進めないと思った。

「谷沢ぁ。いたら返事しろー」

一瞬、楠本の目の前を猿のような動物が通りすぎた。あまりにも素早い動きでよく見えなかったが、猿にしては大きすぎた。身を強《こわ》ばらせていると背後で物音がした。振り返った楠本は荷物がなくなっていることに気づいた。楠本に興味を持っているものがジャングルの中に存在する。気配に集中しているとまた何かが動いた。

「見えた。腕だ。あれは人間の腕だ。谷沢、ふざけるのはよせ!」

気根の隙間を縫うように誰かがいる。怖くなった楠本は鉈を構えようと探したが、ない。気根に突き刺さったままにしておいたはずなのに、刃の跡だけを残して消えていた。

「まさかメールビ？　本当にいたのか？」

気根の奥に虫がたかったような花を見つけた。あれはニュウメン蘭だ。よくよく目を凝らすと一帯にニュウメン蘭が咲き乱れている。ここは一大群生地だ。

「絶滅した花だったんじゃなかったのか……？」

花の香りに誘われるように楠本は気根を押し破り押し破り入っていく。水仙郷にも似た強い香りで目がしょぼしょぼした。もしかするとここはメールビ族の里なのかもしれない。楠本はしばらく呆然《ぼうぜん》と佇《たたず》んでいたが、ニヤリと笑うやズボンのチャックを下ろした。

「オレも楽しませてもらおうかな」

その時、一本の吹き矢が空を切り、楠本の腕に突き刺さった。

一方、岩村は一時間を過ぎても戻らない楠本に苛立《いらだ》ちを覚えていた。正午前にどうするのか決めないと、被害はどんどん大きくなると思った。

「野営は中止だ。すぐに下山して救助を要請しよう」

「救助？　谷沢は遭難したのかよ」

「事態はもっと深刻だ。たぶん楠本も遭難した」

「嘘だろう。だってさっきまで一緒だったじゃないか」

「山で仲間からはぐれることを遭難って言うんだよ」

「あいつらは生きているのか？　死んだのか？」

「生きているうちに発見してもらう」

岩村が下山準備を始めた様子から、安西はようやくただ事ではないと気がついた。量子論的空間の山では生と死が重なり合うように存在する。岩村たちですら外の世界から見れば、死んでいる可能性と生きている可能性は一対一の比だ。無事にマーレー川の河口まで辿《たど》り着けたとき初めて生存が確定する。

安西は気が動転して自分でも納得していないことを口にした。

「あいつらはメールビに捕まったんじゃないのか。だったらすぐには殺さない。殺すのはセックスした後だ」

「メールビは島の迷信だ。安西、おまえは頭がおかしくなったのか」

「奴らが男を求めて狩りをしているんだよ。だから遭難者が跡を絶たないんだ」

「俺たちは生還する。そして谷沢と楠本を捜し出す。今はこのことだけを考えろ」

「谷沢と楠本は合流して、一緒にいるという可能性もあるだろう？　今俺たちが下山したらあいつらが迷ってしまう」

「安西、何を考えているんだ。事の発端は谷沢が遭難したのが先だろう」

「でも二対二だ。三対一なら谷沢が遭難したともいえるが、二人が合流した可能性があるなら、向こうから見れば俺たちが遭難したともいえないか」

「落ち着け安西。論理が狂っているぞ」

「シュレーディンガーの猫の話だよ。遭難と生還が重なり合っているんだ。つまり俺たちも遭難している。うわあああああ」

「黙ってろ。頭がおかしくなりそうだ」

荷物をまとめた岩村はいくぞ、と合図した。だが安西の声はない。何を怖《お》じ気づいているんだ、と振り返ると安西の姿は忽然《こつぜん》と消えていた。目を離したのは十秒にも満たないというのに、どうやって消えたというのか。

「安西？　悪ふざけはよせ。安西どこにいるんだ？」

山は地鳴りのような沢の音が響いている。岩村の脳裏をさっきの安西の言葉が過《よぎ》る。二対二で遭難の可能性が相互に重なり合っているなら、今の状態は三対一、つまり岩村の方が遭難していることになる。

「俺が遭難した？　バカな。遭難者を救出するために山を下りるんだろう」

岩村はパニックに陥りそうになる。自分の判断力が危うくなっていると感じた岩村は、下山も厳しいと認識した。今は正気を取り戻すのが先だ。岩村は安西がいた場所を念入りに観察した。そこには安西の足跡があった。

「滑ってない。安西はこの場所から動いてない」

岩村の首の裏に水滴がポタポタ落ちてくる。反射的に拭《ぬぐ》って掌を見たら血で真っ赤に染まっているではないか。安西は上にいる、と岩村が空を見上げた。

「安西！」

安西は縄で首を縛られ、木に吊《つ》るされていた。胸元には複数の矢が突き刺さり、絶命していた。仲間たちは遭難したのではない。何者かにひとりずつ殺されていったのだ、と岩村は昨晩からの出来事をようやく理解した。

「メールビ……。まさか、本当に未開の部族がいるのか……？」

反射的に背後を確認して巨大なシダの樹にもたれかかった。左右の視界を確保し、前方だけに集中した。もし自分を狙っているなら、必ず前から攻撃してくるはずだ、と岩村は思った。その間に思考を整理する。メールビがいたとして目的が復讐《ふくしゅう》なら、なぜひとりずつ殺していくのだろう。男性はメールビにとって貴重な種でもある。大学で文化人類学を専攻していた岩村は違和感を覚えた。未開部族の排他的行動にしては演出が高度だ。自分を最後に残したのは怖がらせるためではないだろうか。すると相手は自分がリーダーだと知っている。四人の中で体が大きいわけでもないのに、どうして自分がリーダーだと知り得たのか。山に入ると都合が悪いのはメールビだけなのだろうか。しばらく考えた岩村は、ひとつの答えに到達した。

「古見さん！　あんたが殺《や》ったんだろう！」

前方から吹き矢の音を聞いた岩村は身をかがめて避けた。

「やっぱりそうだったんだ。メールビが復讐しているなんて、よく考えたもんだね。そこにいるのはわかっているから出てこいよ！」

すると鬱蒼《うっそう》とした茂みの中から迷彩服を着た古見が現れた。研究所で会った華奢《きゃしゃ》な男とは別人のような、野性味の強い目をしていた。

「山に入るなと忠告したはずだ。どうして私だとわかった？」

古見は重心を低く構え、いつでも岩村を攻撃できる態勢にある。

「山に入ると誰が困るのか考えただけさ。メールビは孤立しているわけではない。ごく少数の男と交わるために、部外者を必要としている。もし彼女たちがいたとしても、復讐するのは道理に合わない。部外者を立ち入らせたくないのはあんただけだって気づいたのさ」

「さすがリーダーなだけはあるな。ちょっとは頭がよさそうだ」

足下から雲が湧き出し、古見のいた茂みはあっという間に霧に覆われてしまった。

岩村は古見の話からすべての事実を推測した。

「あんたが最初に人を殺したのは自分の息子さんだろう？　それを遭難したということにした。この島ではよくある話だからな」

「ほう、そこまで気がついたか」

「なぜ自分の子どもを殺してメールルビのせいにした？」

「最後だから教えてやろう。息子は、私の女に手を出したからだ」

三十年前、葬儀のために家族で戻った古見は、山に入らないように息子に言い聞かせた。しかし好奇心旺盛《おうせい》な息子はその言いつけを破り、山に無断で入った。それは山の体臭を纏《まと》って帰ってきた息子の匂いからすぐにわかったことだ。古見はどうして山に入ったのか、息子を問い詰めたが息子はまったく山に入っていないと嘘をついた。そのことを怪しんだ古見は密《ひそ》かに息子を尾行した。すると息子はニュウメン蘭の群生地へと迷いもせず進んでいった。水をがぶ飲みしながら小便をかけまくった息子は、メールルビが現れるのを待った。ほどなく十人のメールルビが現れ、息子は乱交を始めたではないか。そのとき、古見は昔交わったメールビたちとその娘を見つけた。「その忌まわしい光景に私は震えた。まさか妻と娘たちが私の息子と交わっているなんて見ているだけで発狂しそうだった。すぐに私は割って入った。姉弟《きょうだい》同士で何をするんだ、と」

しかし言葉は通じない。そもそもメールビに近親婚の概念はない。古見の娘と思《おぼ》しきメールビは息子の上に跨《また》がりひたすらリズミカルに腰を振り続けた。古見に気づいた息子は悪びれるかと思いきや「俺の女を横取りするな」と古見を小突いたではないか。それにカッとした古見は行為に耽《ふけ》る息子の背中に鉈《なた》を振り下ろしたのだった。

「メールビはニュウメン蘭の相手と交わっただけかもしれない。だが、それは私にとって耐え難いことだった」

息子を殺した古見は、島に残り農業試験場の職員になった。岩村はそこまでは予想がついたが、なぜ古見がニュウメン蘭を根絶させようと思ったのかがわからない。

すると古見は笑いを押し殺すように言った。

「メールビと交わるのは私だけの特権にしたかったんだよ。メールビとのセックスを経験すると普通の女では満足できなくなる。私は東京であらゆる女を抱いてみた。だけどメールビの足下にも及ばなかった。どんな凄腕《すごうで》の風俗嬢も所詮《しょせん》は遊びのセックスだ。私は命を懸けた死線を彷徨《さまよ》うセックスにしか感じられなくなったんだ」

遺伝子操作でニュウメン蘭から受粉機能を奪った古見は、ニュウメン蘭を一時的に島から絶滅させた。そしてメールビの個体数が減り始めたとき、培養したニュウメン蘭の株を持ってメールビの居住地を訪れた。飢えたメールビたちは古見を崇《あが》め、奉りだした。

「私はメールビの世界における来訪神なのだ。種は私だけが持ってくる。彼女たちは私なしでは生きられない」

ニュウメン蘭を独占した古見は毎日毎晩メールビたちと交わった。その中には古見の娘たちもいたが関係なかった。むしろ背徳感をそそられて、いつもより興奮したくらいだ。そのうちメールビの子どもたちは古見の遺伝子を受け継ぐ者ばかりになっていった。

「私の娘を犯す奴らを排除してなにが悪いのだ？」

「古見さん、あなたは狂っている……」

「狂っていると思うのは君のいる文化圏の話だ。メールビの社会では何の問題もない」

「そのうち近親婚ばかりでメールビは絶滅するぞ」

するとと古見は最初に会ったときの理知的な顔に戻った。

「私の仕事は絶滅させることだと言っただろう。メールビは私の死と共に滅びゆく。これほど大きなロマンがあるか？」

古見が指笛を鳴らして合図を送った。すると雲の中からメールビの女たちが続々と現れたではないか。メールビは総勢二十人。目元が古見によく似ていた。四十の黒い瞳《ひとみ》が山の木漏れ陽のように静かに、深く岩村を見つめていた。

「本当にいたのか。こんなにたくさん……」

「彼女たちは私の娘であり、孫であり、私の女だ」

古見の不敵な笑いがジャングルに響く。メールビたちは来訪神である古見を敬うように跪《ひざまず》く。古見は勃起《ぼっき》したペニスをメールビに与えて満足そうだった。

「ここは私の王国だ。私の世界に足を踏み入れたおまえは死を以《もっ》て償え！」

この人を捜しています。

《プロフィール》
岩村伸也（21歳）
身長：170センチ　体重：50キログラム
特徴：色白、一重瞼《まぶた》、痩《や》せ型

《経緯》
2010年９月２日　西表島北部マーレー川の河口から仲間３人とカヌーで山に入り、その後、連絡が取れなくなる。西表島を出た形跡がなく、島内にいるものと思われる。

《現状》
地元の方々の協力を得て何度も山中を捜索しましたが、未だに発見されておりません。

《情報提供》
どんな些細《ささい》な情報でも結構ですので、情報をお持ちの方は下記の連絡先までご連絡ください。ご協力よろしくお願いいたします。

大原港に新しい四人の不明者のポスターが掲げられる。港に着いた若者たちは自分には関係ないとばかりに通り過ぎていく。船から山の装備をした若者がどやどやと下りてきた。

到着したばかりの彼らに定年間近と思われる男が近づいてきた。

「私は島の研究所で技師をしている古見と申します。もしかして山で野営を予定していませんか？」

山は原罪を覆い隠し今日も生い茂る。

黒島
フスマ

八重山諸島の内海に珊瑚礁《さんごしょう》のトライアングルがある。大きさもほぼ同じ三つの島は竹富島、小浜島、そして黒島である。三姉妹の末っ子のような島は、姉たちから一身に愛情を注がれて優しいハート型になった。

ほぼ平坦《へいたん》な黒島は表土の全てが牧草地である。物見台に上れば島を一周せずとも全容が摑《つか》めてしまう。まるで映画が始まるまでの間、白いスクリーンを前に手持ち無沙《ぶさ》汰《た》で眺めているような気分に陥る。どういう物語を見るかは、個人の幻想次第である。

今日、四年ぶりに島の小中学校に駆け出しの教師がやってきた。

「初めまして。今日から小学校三年から六年までの担任を受け持つ鷹宮聖子《たかみやせいこ》です」

全校集会で壇に立った女性は、しっかりとした口調で挨拶《あいさつ》した。体育館に集まったのは十五人の児童生徒たちだ。聖子が受け持つ小学生は十人だった。久しぶりに島外の人間を見た子どもたちは好奇心と照れの狭間《はざま》でにやにやと笑っていた。

校長が聖子の紹介をする。それは子どもたちだけではなく職員たちへの発破をかねていた。

「鷹宮先生は大変優秀な成績で教員になられた方です。みなさんもわからないことがあったら鷹宮先生になんでも聞いてください」

聖子は、教員生活の最初を黒島で迎えることになった。離島県のなかの離島諸島の離島には、教員生活のなかで必ず一度は赴任しなければならないことになっている。駆け出しでやるか、ベテラン教師になってから勤めるかは個人の選択だが、たいてい教師の通過儀礼として最初にやらされることが多い。大規模校にあるいじめや、学級崩壊や、不登校や、非行や、PTAとの軋轢《あつれき》などとは無縁で、のびのびと教師を育成できるという思想からだ。

それは黒島の持つ風土そのものと言える。主力産業である牧畜ではこの島の温暖で天敵のいない風土が、牛の成育を一・五倍にまで早めた。越冬することなくすくすく育った子牛は、本土のブランド牛となるべく出荷されていく。松阪《まつさか》牛も神戸牛も元々は黒島育ちの牛だ。

鷹宮聖子はこのことを人間にも応用できないか密《ひそ》かに企んでいた。赴任早々、掟《おきて》破りの先制パンチだ。

「――というわけで、みなさんの学力を調べたいと思います」

十人の児童が断末魔のような叫びをあげた。不文律ながらこの小中学校ではテストは罰の意味だ、と子どもたちは理解している。

「先生、ぼくたちが何か悪いことをしたんですか？」

「いいえ。学校は勉強を教えるところだから、テストがあるのは普通でしょ」

採用試験のときに着たスーツ姿の聖子は、ひとりだけ学校から浮いていた。

「この前テストがあったのは、宏行《ひろゆき》が給食を残したからです。その前はぼくがトイレ掃除をさぼったからです。宏行もぼくも反省していい子にしているのに、理由もなくテストされるのは納得できません」

「学《まなぶ》くんが何を言っているのか先生もわからないわ」

「だーかーらっ。テストはイヤだってば」

はい、と手をあげたのは年長でまとめ役の恵美子《えみこ》だ。

「先生、代わりにマラソンをするというのはどうでしょうか？」

「なぜテストとマラソンが取引されるのか先生にはわからないわ」

「だって、どっちもイヤなんだから、マラソンする代わりにテストはなしということになるでしょう？」

妙案とばかりに児童たちが拍手する。どういう論理なのか聖子にはわからないが、子どもたちのなかでは成立しているらしい。

「去年ドラマのロケに来た北崎倫子《のりこ》先生は優しかったのに！」

「あの人は役でいい先生を演《や》っただけでしょ？」

「ぼくたちと朝まで麻雀《マージャン》をやってくれました」

「それでみんな楽しかったの？」

「島中のお金をごっそり巻き上げられました」

「ああいう人と私を比べてほしくないわ」

聖子はプリントの束を教壇に叩きつけた。

「テストはします！　マラソンも体育の時間にします！」

「聖子先生は鬼だ。ぼくたちは何も悪いことはしていないのに！」

聖子は有無を言わさずプリントを配り、テストを強行しようとした。子どもたちの総ブーイングに職員室から校長が駆けつける騒ぎになった。味方を得たとほくそ笑んだ聖子だったが、なんと校長からテストの中止を申し入れられた。

「鷹宮先生、こういうのは子どもたちが困るんですよ」

熱血教師歓迎かと思いきや、職員室に呼び戻された聖子は同調圧力をかけられた。

「なぜですか校長？　テストをしてはいけないって、ここは本当に学校なんですか？」

「もちろんテストは大切だが、子どもたちは抜き打ちに慣れていない。テストをするなら一週間前に予告してあげないと、子どもたちのストレスになってしまう」

「ストレスゥ？」

聖子は思わず眼鏡をずり落としそうになった。

「そうだ。ここは進学校とは違う。複式学級は習熟度も異なる。毎年ひとりひとりの学力に差があるから、たとえば三年生はここまでと言えないんだ」

「校長、お言葉ですがナンセンスです。校長の言い分だと島によって学力差があるのは仕方ないという意味に聞こえます」

「まったくその通りだ。異論はないぞ」

至極真っ当な調子で返されて、聖子はしばし言葉を失った。

「それでも学校ですか。義務教育の課程をきちんと終えておかないと、高校、大学で追いつくのが大変になってしまいます」

「そうだ。進学する上では大変だろう。でもこの島では重大な問題にはならない。鷹宮先生はいったい何がしたいのか、こっちが知りたい」

「私はですね――」

と聖子は待ってましたとばかり持論を展開した。沖縄が教育後進県と揶揄《やゆ》されるのは初等教育に躓《つまず》いているからであり、基礎を疎《おろそ》かにすると後から取り戻すのは難しい。そのためには小学校のうちから競争原理を持ち込み、学ぶ意欲を高めておかなければならない。教員採用試験の面接で堂々と語った論理だ。しかし面接では次の展開は控えておいた。印象が悪くなるし、どうせ合格したら断行するつもりだったからだ。

「つまりですね校長、私がこの島に赴任したのはエリートを生み出せる可能性があるからなんです。黒島の牛をご覧ください。温暖な気候に育《はぐく》まれて島の牛は松阪牛になっていくでしょう、神戸牛になっていくでしょう。島の子どもたちも灘《なだ》高を目指してほしい。開成《かいせい》を目指してほしい。そしていつかは東大生になって国家一種に受かり、霞《かすみ》が関《せき》へと旅だってほしい。高級官僚になった子どもたちは故郷を想い、島を豊かにする政策を打ち立てていくのです!」

「うちの子どもたちは牛じゃない」

「牛はエリートなのに、人間がそうじゃないのは教育の責任です!」

校長は聖子の履歴書を思い浮かべた。あまりにもすごいので回覧板にして島中に配布したほどだ。

「鷹宮先生……。確かご出身は東京でしたね。私立の名門女子校から東京大学教養学部卒業、在学中に外交官試験に合格。まさにスーパーエリートですな。そんな経歴の先生は今後三百年うちには現れないでしょう」

鷹宮聖子の噂は教育委員会でも轟《とどろ》いていた。通常、採用には同県の離島出身者が優遇される。それは雇用的な側面と継続性が重視されるからだ。県外出身者だと親元の事情で故郷に帰ることが多い。離島教育に腰掛教師は敬遠される。同じ点数だった場合、優先されるのは地元出身者である。ただし、圧倒的に差をつけられると落とす理由がなくなる。聖子は学科も面接もぶっちぎりの首席だった。将来の幹部候補として特別扱いで迎えられた聖子だったが、希望した赴任先は離島の黒島だった。

エリートの襲来に身構え職員たちは「試験にでる英単語」を読み返していたが、聖子の狙いは子どもたちだった。

「鷹宮先生の考えはある種、理想だ。論理的にはまったく間違っていない。でもエリート教育はここでは刺激が強すぎる。なぜ離島の複式学級にそんなテーマを持ち込むのだ」

「目が届きやすいからです。私立の習熟度別授業は十五人の少人数が基本です」

あくまでもエリート教育を持ち込もうとする鷹宮に校長は校庭を指さした。

「ご覧なさい。この学校は花が自慢だ。ゴミもない。こんなにきれいな学校が東京にあるか？　ここにはここの美がある。子どもたちは花が大好きだ。そういう教育もあるんじゃないか？」

言われた通り、この学校の花の多さは異常なほどだ。まるで無味乾燥としたコンクリート建築を嫌うかのように校舎を花で飾る。紫色のブーゲンビリア、ハイビスカス、手入れの行き届いた校庭は一面が芝生だ。学校というよりも整備された庭園に映る。

「学校は勉強するだけの場じゃない。子どもたちの心の中に楽しかった日を刻ませる場なんだ。受験オタクを生み出したかったら私立の進学校でやってくれ」

「もしかして校長はエリート教育を非人間的教育と取り違えていませんか？」

その言葉に校長はカチンときた。

「鷹宮先生は勝つことを教育だと履き違えているのでは？」

お互いに激しく火花を散らし、聖子の就任第一日は終わった。

二日目、聖子はテストを強行した。あまりの仕打ちに女子はトイレに駆け込んで泣きじゃくった。籠城《ろうじょう》した女子はドアを叩《たた》いても出て来ず、水をかけると脅したらやっと観念した。

「先生、ぼくたちは今日から一週間、掃除をサボります！」

「なんですかその考えは。あなたたちは間違っています。学校は何するところだと思ってるんですか」

するとこどもたちは元気よく声を揃えた。

「遊ぶところでーす！」

「静かに。みんな静かに！　テストをしている間、先生は校庭をマラソンします。どう？　お互いに痛みを分かち合ったでしょう」

何か腑《ふ》に落ちないが、論破することもできず子どもたちは押し黙った。新任の教師は鬼だがフェアだ。渋々テストを受けることにしたが、このやり方で押し切られたらたぶん、みんな学校が嫌いになるだろうと思った。

「かけ算九九って三三が六しか覚えてない」

と算数の問題を解いていた四年生の翔太《しょうた》が唸《うな》る。

「ねえ、著作ケンって秋田県の隣だった？」

と六年生の理世《りよ》が社会の問題文を前に頓挫《とんざ》する。

「おい、聖子先生みろよ……」

と学が鉛筆で校庭を指す。聖子は最初の十周は快調に飛ばしていたが、やがて膝《ひざ》が笑いだし、三十周もした頃には顎《あご》が前後に揺れだした。それでも決して足を止めることなく四十五分間ずっと走りっぱなしだった。炎天のなかに咲き誇る校庭の花々が聖子の細い脚をそっと押しているように見えた。

「聖子先生、運動が苦手なんだな。もうやめちゃえばいいのに……」

一瞬、聖子と目が合った学は最後の五分間だけ真面目に解答用紙に向き合った。


翌日、眼鏡の跡を残して真っ赤に日焼けした聖子は、惨憺《さんたん》たる成績に震えた。

「テストを返します。学くん三点。翔太くん五点。理世さん零点……」

「聖子先生、難しすぎだよ。ぼくどんなに悪くても七十点切ったことないのに」

「そうよ。このテストどこの国の問題ですか？　読めない字がいっぱいあったわ」

「四谷《よつや》大塚《おおつか》の試験からの抜粋です。みなさん基礎が全然できていません。三十点はあるかと思ってたのに」

「はーい。聖子先生は意味なくぼくたちを傷つけています」

「私たちに解けない問題を出しても誰も幸せになりません」

聖子は「このゆとり野郎……」と半笑いで呟《つぶや》き、すぐに怒声をあげた。

「あなたたちをいい気分にさせるだけのテストなんて何の意味があるの！　みんな将来のことを真面目に考えなさい」

子どもたちは自信たっぷりに答える。

「だからよー！」

聖子がイライラするのはこの言葉の意味がわからないからだ。同意したわけではない。かといって反対も、そしてもちろん反省してもいない。当事者が不在の不思議な言葉だ。たとえば、忘れ物をして叱っても「だからよー」で許される。テストの成績が悪くても「だからよー」だ。相手の心に届くようにコミュニケーションしようとすると、寸前でかわされてしまう。聖子はこの言葉の真意がまだわかっていなかった。

子どもたちも鬼教師襲来で戦《おのの》いているだろうが、聖子にとってもカルチャーショックの連続だ。なんだか毎日が修学旅行みたいなのだ。いや聖子はもっとはっきりとわかっている。ただ、差別的な引用になるから修学旅行と控えめに思っただけだ。糾弾を恐れずにいえば『アリとキリギリス』の逸話そのものだ。

「キリギリスがどうなったのか知らないの？」

あまりにも楽天的な子どもたちに、そう問いかけようとした。しかし飢えたキリギリスの直接的な死因は凍死だった。この島に雪は降らない。それどころか年中温暖な気候は牧草を貯蔵するサイロさえ不要だ。越冬のない島で暮らす限りキリギリスは無限に増え続ける。教訓が風土に負けたことを聖子は思い知った。

就任三日目にして最初に抱いていた違和感が何かわかった。それは給食のときだった。

教師も児童も全員ひとつの教室で給食を食べるのが、この学校のスタイルだ。中学生は小学生の面倒を見、高学年の子は誰に言われることなく低学年の子に目を配る。軽口をたたき合いながらもスムーズに配膳《はいぜん》を終える。これが何かに似ていると聖子の記憶を擽《くすぐ》っていたのだ。学食ではない。林間学校でもない。ホームパーティでもない。

「そうだわ。一家団欒《だんらん》よ」

聖子の家はこのような大集団で食卓を囲んだことはない。父は優しかったが多忙で帰宅するのはいつも深夜だ。母もできるだけ家事をしようと心がけていたが、家族四人が揃って食事をするときは誕生日などの特別な日だった。そのうち十歳上の兄は独立し、聖子が中学に入る頃には一家が揃うのは正月だけになった。そのことに今まで不満があったわけではない。父も母も職業人として己の場を外に持っていただけだ。

それは幸福なことだと思う。

「学くん、晩ご飯は家族と一緒？」

「理世ネーの家族と一緒に食べることが多いよ」

「ああ、従姉《いとこ》だったわね」

「ここに親戚《しんせき》じゃない人なんていないよ」

教師と生徒の縦の関係より、血族の横の繋《つな》がりが学校を支配している。子どもたちにとって学校は自宅の延長なのかもしれない。すると自分は食卓にやってきたテスト婆というところか、と聖子は思った。

「鷹宮先生、テストなんて意味がないでしょう?」

と隣にいた校長が小声で耳打ちする。

「恐るべき成績でした。教師が勉強を放棄させたら、子どもたちはなにを頼りに生きていけばいいのですか」

「いや、あの子たちは学力以上のものを持っていますよ。特に鷹宮先生が一生かけても手に入らないものを」

「まさか『思いやり』とか言いませんよね? 東大卒女が血の温《ぬく》もりに欠けているという偏見だったら朝まで酒瓶片手に語り合いますよ」

聖子はバターナイフで校長の食器を叩いた。

聖子が知識偏重のガリ勉タイプじゃないことは校長も赴任早々わかった。きつい冗談も言うし、自分の意見は曲げないが、一応相手の話を聞こうという姿勢がある。歓迎式の逸話は今でも語り草だ。荒っぽい酒宴で島の男たちが次々と潰《つぶ》れていく中、聖子ひとりが朝まで乱れもせず生き残った。酒豪が学校にいると村の求心力になる。学校が島の中心にあるのは役場の機能をもたせているからだ。

「私に欠けているものといったら上司の無理解です。でもそんなもの、どんな職場でもごく平均的にあるものでしょう。むしろ私は優しくされたら下心があるかもと思うタイプなので、不倫するリスクを回避したと感謝しています。それでも私に欠けているものといったら何ですか？　美貌《びぼう》って言わないでくださいよ。これでも頑張って学生のときより五キロダイエットしたんですからね」

新米教師とは思えぬ物怖《ものお》じしない性格も職員たちから気に入られている理由のひとつだ。

「そうじゃない。そのうち鷹宮先生もわかるさ」

図工の時間のことだ。島の好きな景色を自由に描く、という課題に子どもたちは取り組んでいた。クレヨンや色鉛筆など好きな画材を手に取った子どもたちは、黙々と絵と格闘している。

「学くんの絵、それは何を描いているのかしら？」

聖子は自分でも絵には柔軟だと思っている。具象的な絵よりも発想が自由な絵の方が好きだ。たとえ水玉模様のワニを描いてもそれは感性だと思っている。しかし学の描いた絵は理解を超えていた。一面を灰色のクレヨンで塗りつぶした学は画用紙の四隅を丸めようとしているではないか。

「聖子先生、これは石です」

「石？　石を作りたかったら粘土で作ったら？」

「先生、粘土で作った石は重くなるからイヤなんです」

「石は重くて当然よ。でも学くんは軽い石の方がいいのね」

「そう、軽くて水に浮かぶ石を作っているんです」

「水に浮かぶ石……。それをどうしたいのかしら？」

学は画用紙を丸めて石らしい形を作った。自由な発想は歓迎だが、突飛すぎて聖子の理解を超えていた。周りを見れば他の子どもたちは画用紙に編み目模様を好きな色で描いている。申し合わせたわけでもないのに、全員が同じ絵を描くなんて気味が悪かった。

「理世さん、翔太くん、それは織物の柄かしら？」

「ううん。魚を獲《と》る網だよ」

「翔太くんは魚が好きなのね」

「ううん。大きな網がいるから描いたんだよ」

「理世ちゃんも、網なのね」

　理世の網は女の子らしいチャームがたくさんついている。初めは児童全員で悪ふざけをしているのではないかと思ったが、細部には子どもたちの個性がちゃんと出ている。野球が好きな小太郎《こたろう》はバックネットの緑色の網、料理が好きな奈々《なな》は果物の柄、ピアノが好きな亜衣子《あいこ》は音符の柄が網目にくっついている。むしろ奇異なのは石を作った学だ。

　すると絵を仕上げた子どもたちがまた妙な行動をとった。今度は画用紙を六角形に切り始めたではないか。そして六角形同士の辺をセロハンテープで繋げ合わせサッカーボールのような球体を作った。最後に学の石を球体の中心に据え置いた。

「聖子先生できました！」

「ああ、インスタレーション……」

　どうやら共同作業でなにかを作り上げたらしい。しかし空間を使って何かを生み出すなんて相当高度な概念だ。とても小学生の技量とは思えないものがある。聖子は感心して子どもたちの作ったインスタレーションを眺めた。するともっと不思議なものを発見した。

「網の目が全部繋がっているわ！」

定規を使ったわけではないのに、六角形の辺で他人の描いた網目の始まりと寸分違わず合致しているではないか。まるで計算しつくしたような一致に聖子は不思議な思いがした。しかもこれは数学的に高度な作業を要する。

「切頂二十面体！　まさか？」

正六角形二十枚を繋げると十二個分の五角形の隙間が生まれる。その隙間から学の石を見るという趣向になっていた。石が見える角度、網の絵に遮られる角度、見方によって表情を変えるインスタレーションだった。

「みんなどうしてこれを作ったの？」

すると子どもたちは元気よく答えた。

「だからよー！」

幾何学も知らない子どもたちが、切頂二十面体を無意識に作り上げるなんて驚きである。作品を眺めていた聖子はすぐに別のことに気がついた。

「理科の波座間《はざま》先生。波座間先生はいらっしゃいませんか？」

授業中にも拘《かか》わらず聖子は教室を飛び出した。波座間は理科準備室にいた。すぐに教室に来てくれと聖子に急《せ》かされて波座間はサンダルを陽気に鳴らしてやってきた。

「波座間先生、これを見てください。子どもたちが作ったんです」

「ほう、サッカーボールを作ったのか。みんな上手だなあ」

波座間はデブでおっとりとした性格が子どもたちに人気だった。

「違います。これはC_{60}フラーレンです。炭素元素の最小の構造が多数の原子で構成されたクラスターのことです。バッキーボールと言えばわかりますか？」

波座間はちょっとムッとした声で言った。

「鷹宮先生はなぜこれをC_{60}フラーレンだと思われたのですか？」

「チャームの柄を見てください。六角形の頂点に必ずあるんです。たとえば小太郎の野球のボールは奈々のゴーヤーと重なります。子どもたちは最初画用紙に描いていたのに、柄は正六角形に配置されていたんです。これをやりたかったら外接球半径を求めなければなりません。式は

$$\sqrt{\frac{29+9\sqrt{5}}{2}}$$

が解けなければなりません。割り算も満足にできない子どもたちがなぜこの計算ができるんですか？」

「だからよー」

と波座間ははぐらかすように笑った。この島では物事を突き詰めない方が上手《うま》くいく。子どもたちは図工の課題をやり遂げた。それ以上の価値を求めて何になるのか、と波座間はまったく聖子を相手にしなかった。

「聖子先生、これを海にもっていってもいいですか？」

子どもたちはもうすっかり出かける準備で作品を抱えている。理由を聞いてもよくわからない理屈を述べられるだけだった。その場は授業時間だからと押し留《とど》めたが、きっと下校時に海に行くと思われた。聖子が不思議だったのは、彼らは目的を意識せず、行動だけがはっきりしているということだ。

「学くん、この作品に名前をつけましょう」

学はちょっと考えて「ミルクムナリ」と名づけた。音感がきれいだったので聖子はすごく気に入った。

放課後、波座間と聖子は激しく口論した。波座間は聖子の理屈っぽい考えが気に入らなかったようだ。

「鷹宮先生は何でもかんでも説明がつけられないと気に入らないようですね」

と波座間に言われた売り言葉を買った。

「自然科学は説明をつけることが本質じゃないんですか？」

「これだから頭でっかちは……」

「それやめてください。教育者は子どもたちの行いを客観的に見ることが大切だと思います。その場の気分で指導するのは間違っています」

「でた。腐れエリートの屁《へ》理屈……」

「そうやって私を見下すのもやめてください。東大卒の女なんて世間に山ほどいるわ。みんな普通に泣いたり笑ったりする人たちよ。エリートが冷たいなら、ヤンキーは情に厚いの？　だったら沖縄の成人式で暴れ回っている金髪ギラギラ羽織の眉《まゆ》なし連中は何？　中学妊娠で公衆便所に赤ん坊を遺棄する子は人としてどうなの？　私が彼らより人間性に劣るとでも言うの？　私の学歴が周りにコンプレックスを与えているからといって、その責任まで取らなきゃいけないの？　私が欠点をさらけ出さないと同僚として信頼してもらえないの？　だったら、受けて立とうじゃないの！」

聖子はフェラガモのハイヒールを脱いで生足を突き出した。聖子の足の親指はありえないほど内側に曲がっていた。

「外反母趾《がいはんぼし》よ。バレエでこうなったのよ。足の裏をみなさい。魚の目があるでしょ。この靴高いけど履くと靴擦れするのよ。足がすぐに痛くなるからマラソンは苦手なのよ。さあ、波座間先生も私に同じことをしなさい」

波座間は聖子の勢いにたじたじだ。聖子が恥を捨てて身体的欠点を見せたのだから、同じことをするとなると、短小包茎をカミングアウトしなければならなくなる。

「いや、俺はそこまでしろと言った覚えは……」

波座間はしどろもどろに後ずさった。

「じゃあ私は波座間先生を同僚として信頼できないわ。自分の秘密を隠して、他人の欠点を知りたがるなんて、すっごく下品よ！」

この遣《や》り取りを見ていた職員たちは、聖子の気っ風《ぷ》に苦笑した。


日曜日、聖子は島を散歩した。

赴任第一日で島の全容はほぼ摑《つか》めたと思っていた。見渡す限りの牧草地に人のいる集落はこぢんまりと密集している。生活なら徒歩二分以内で全ての用件が済んでしまう大きさだ。長閑《のどか》な田園風景と呼ぶにはあまりにも味がなさすぎる。これに似ているのはもしかすると砂漠なのかもしれないと聖子は思った。散歩する聖子は無意識に空を見上げる。湧き立つ雲の変化の方が牧草地を見るよりもずっと変化に富んでいたからだ。

「あの子たちは外界から隔絶されているから、学習意欲がないのかもしれないわ……」

聖子は自分の子ども時代と比べてみた。物心ついたときから聖子にとって自宅は着替えと寝るための場で、学校と塾と習い事のトライアングルを行ったり来たりする毎日だった。塾が嫌いだったわけではない。ピアノもバレエのレッスンも一生懸命やった。今まで挫折《ざせつ》がなかったように見えるのは、うまく隠していたからだ。子どもの頃、プリマを目指していた聖子は、アン・ドゥオールが甘いことを理由にお稽古《けいこ》レベル以上のことを教えてもらえなかった。股関節《こかんせつ》の構造がバレリーナ向きかどうかは努力以前の問題だ。ピアノも然《しか》り。むしろ勉強の方が遺伝に左右されることなく、勉強した分だけ見返りがある。

「勉強に才能はいらないのに、なんでみんな嫌がるのかしら……」

ふと視線を大地に落とすと、牧草地の切れ目に黒い構造物が見えた。

八重山諸島のほぼ全ての島に、フズマリと呼ばれる遠見台がある。石を積み上げて築いたフズマリは沖縄本島で見られるグスクのような構造物だ。ただグスクは信仰の場であったのに対し、フズマリは灯台の役目を果たした。

平坦《へいたん》な大地の黒島において、フズマリは最も標高の高い丘である。軀体《くたい》の半分を緑に飲み込まれたフズマリは遺跡のような趣だった。聖子は足場を確認しながら慎重にフズマリに上った。

「すごい。黒島が全部見渡せるわ」

頂上から見下ろした黒島は、聖子が想像していた通りの光景だった。エメラルドグリーンの海の一部かと見まごうほどの牧草地が眼下に広がっていた。海と並べてみればこの島の風土が特に奇異には思われない。むしろ海と繋《つな》がろうとしている大地のようだ。

浜辺の方で子どもたちが遊んでいる光景が見えた。聖子は浜辺にいる子どもたちの元に駆けていった。すると不思議なことに、子どもたちは聖子に目もくれず無邪気に跳ね回っているではないか。

「鬼ごっこしてるのかしら？」

しかし逃げ回っている様子はない。かくれんぼとも違う。子どもたちはただ浜辺をぐるぐる跳ねているだけだった。聖子は子どもたちの視線がおかしいと気づいた。全員の視線が虚空のある場所で重なるのだ。

「みんな何してるの？」

と聖子が声をかけた瞬間、何かがパンと弾《はじ》けた。まるで数珠の糸を切ったように、子どもたちがバラバラに解《ほど》けていく。子どもたちは自分が何をしていたのかわからないとばかりに戸惑いを浮かべていた。

「ぼく何で海にいるの？」

「イヤだ。大事な革靴が濡《ぬ》れちゃったわ」

「げ。明日《あした》着ていく体操着だったのに、汚したら母ちゃんに怒られる」

と正気を取り戻したようにいちいち驚いていた。

「みんなどうしたの？　何も覚えていないの？」

聖子はひとりひとりの体をさすり問いただしたが、はっきりとした理由は誰も覚えていなかった。

――まさか集団催眠？

島に押し寄せる波が、聖子の自我を少しずつ削っているように思えた。

翌日の国語の時間のことだ。複式学級で黒板を使うことは滅多にない。個別の課題をこなすために、十人それぞれの学習に目を配る。漢字の書き取りでも学年によって違う。まるで十個のお手玉を投げている感覚で、時間通りに進めるだけでも精一杯だった。

詩の課題に取り組んでいたのは四年生の麻子《まこ》だ。

「麻子さん、詩ができたらみんなの前で読んでください」

麻子の学力はほとんどの教科で四年生に足りていない。普通の学校では学習能力障害の疑いがかかるレベルだった。しかし学力以外はどこか大人びていた。麻子は十歳なのに、倦怠感《けんたいかん》を漂わせる少女だった。

「先生できました」

そう言って読み上げた麻子の詩に聖子は背筋を凍らせた。

南が星　むりく花　白さはい　はくしぶる　女童ぬどぅ　やらびから　夫婦
なり　ぶだそうぬ　くゆさから　ぅちぐなり　ぶだそうぬ　なら程ぬ　丈程
ぬ　いくだら　ばぬんまた　くりゆまた　してぃどぅす　捨てぃらりぬ　な
ぎらぬる　にたやさ　女童ば　かぬしゃまば　見やくでぃ　女童ぬ　かぬし
ゃまぬ　家にいき　まんがから　んかてぃから　入りぃまけ　あのら城　石
並みぬ　上から　ぅるじぃんぬ　あがる立つ　雲だき　うりずんぬ　きたに
ばぅ　ぬりだきよう　うしかぶり　あみかぶり　みりばどぅ　ゆむ夫や　藁
縄ば　ぐするぐするし　ないぶりばよう

歌うように滔々《とうとう》と読み上げられた詩は古《いにしえ》の言葉だ。聖子にはまったくわからない言語だが、修辞的な配慮がなされているのは聞き心地のよさでわかった。

「麻子さん、この詩は何という意味ですか？」

「あの。好きな人と出会った女性の気持ちになって書いてみました」

「麻子さんの好きな人ですか？」

「いいえ。もし私が恋をしたら、どんな気持ちなんだろうって想像しながら書きました」

「黒島の方言を喋《しゃべ》れるのね」

「いいえ。オバァの喋っている言葉はほとんどわかりません」

「じゃあなぜ、方言で書いたの？」

「だからよー」

肝心なところは当人にもわからないらしい。子どもたちを巨大な無意識の雲が覆っているのではないか、と聖子は感じ始めていた。

さっそく麻子の書いた詩を図書室で辞典を引きながら調べた。

「沖縄の方言は本島方言と宮古・八重山方言に分類される。なるほど」

八重山方言はさらに各島の方言に分類できる。黒島方言はユネスコから絶滅の危機にある言語と認定されている。二十一世紀において黒島方言を喋るネイティブはほぼいない。

「なぜ麻子は黒島方言で詩を書けたのかしら？」

当初、うろ覚えの単語をデタラメに並べただけではないか、と聖子は考えた。しかし調べれば調べるほど、麻子の詩は文法に適《かな》っているとしか思えなくなった。

「校長、八重山方言は対語表現を取りますね？　たとえば『女童《ミャラビ》』の対語は何ですか？」

「たしか『かぬしゃま』だろうな」

「では『うしかぶり』の対語は何ですか？」

「たぶん『あみかぶり』じゃないかな」

「これを完璧《かんぺき》に喋れる人は島にいますか？」

「島の古老でも対語表現を全部覚えている人はいないだろう」

対語がなくても日常会話は足りるが、文学的にするためには対語の飾りが必要だ。これは話者の身体を隠すためのものと思われる。できる限り話者を排除し、あたかも空間上に言語だけが自然に発生したように見せかける技法だ。話者の自我がなくなるほど高尚な言語となり、神への供物となりえるという考えだ。

だから文学性を追求すると、話者は初めから複数いた方がよいことになる。たとえば十二人で文節ごとに言葉を回し合うと対語が役に立つ。思わぬ方向に話が飛ぶことはあるが、むしろ諧謔《かいぎゃく》と珍重される。この美意識に近いのは日本の連歌だ。

「麻子はこれをひとりで書いたんです。一体麻子の身に何が起こったんでしょうか？」

「鷹宮先生、この島ではよくあることだと理解してほしい」

「私の理解できる言葉では催眠状態のときに表れる『真性異言』です。訪れたことのない外国の言葉を喋るという事例で、世界でも数例しか報告がありません」

「鷹宮先生！　大袈裟《おおげさ》ですよ。こういうときは『だからよー』と言ってやり過ごすんです。今から覚えておいた方がいい」

「その言葉、気持ちが悪いです。責任の所在が不明確です」

「違う。誰がどうしたかはまったく問題じゃないんだ。あなたは麻子の特異性を述べてそれを長所にしたいと考えている。しかしそれは麻子にとって迷惑な話だ」

「じゃあ麻子の真性異言は特別なことではないと？」

「雨が降るのは特別なことじゃない。私たちは恵みと受け取る」

「切頂二十面体の外接球半径を式なしで導けるのが特別ではないと？」

「数学的アプローチ以外の方法で求めたのだろう。お察しの通り、あいつらの算数の成績はひどいままのはずだ」

聖子は謎を謎のままにしてはおけない性分だ。幾何ができるのだから、チェバの定理で解ける問題を出した。しかし子どもたちは意味がわからないと暴動を起こしてしまった。ずっと簡単な平面図形の問題なのに、宥《なだ》めてもすかしても誰も解けなかった。

聖子は毅然《きぜん》と言い放った。

「再現性のない知識は真の学力とはいえません」

「同じ日に同じ場所で雨が降る確率を考えるのは果たして科学的と言えるか？　守株《しゅしゅ》待兎《たいと》じゃないのか」

「知識は恵みではありません。個人の努力によって獲得するものです」

「鷹宮先生はそういう人だ。だけど違う形で麻子には備わっていた。これを不平等と言うなら、鷹宮先生は教育を根本から考え直した方がいい。砂漠の民に傘を与えるのが教育か。遊牧民に自転車の乗り方を教えるのが教育か。鷹宮先生は目の見える子の眼球を解剖してなぜ見えるのか知りたがっているだけだ」

校長が視線を逸《そ》らした瞬間を聖子は見逃さなかった。

「校長、何か私に隠していませんか？　波座間先生といい、校長といい、物事を有耶《うや》無耶《むや》にするのは別の理由があるのでは？」

聖子がそう言った瞬間、職員室は静けさに包まれた。


そしてついに事件が起こった。ある日忽然《こつぜん》と子どもたちが姿を消したのだ。蛻《もぬけ》の殻の教室を見た聖子は腰を抜かすほど驚いた。

「集団不登校だわ。みんな何があったの？」

職員室に戻ると、他の先生は和やかに談笑しているではないか。

「波座間先生、お菓子を食べてる場合ですか。子どもたちがいなくなったんですよ」

「だからよー」

「その冗談は笑えません。すぐに警察に知らせなきゃ」

受話器を取ってすぐにこの島に駐在所がなかったと気づいた。緊急時は親島の石垣島から警察を呼ぶことになっていた。

「私、家庭訪問してきます」

と鞄《かばん》を抱えた聖子の行く手を波座間の太鼓腹が阻んだ。

「鷹宮先生、事を大きくしないでほしい」

「波座間先生、事は既に大きいじゃないですか。事を無視しろと言うのですか？」

「そうだ。無視してほしい。これは同僚からのお願いだ」

「そのお願いを無視します。子どもを守らない教師の願いなんて聞き入れられませんから」

「子どもたちは無事だ。午後には必ず帰ってくる。それを何も言わずに迎え入れてほしい」

聖子はズボンのチャックが半開きの波座間の言うことが信じられない。

「前から聞きたかったんですけど、私に何かを隠しているでしょう」

「鷹宮先生はすぐにそうやって喧嘩腰《けんかごし》になるから、話せなかっただけです」

「子どもたちが犯罪に巻き込まれたとは思わないのですか？」

するとと校長が仲裁するように割って入った。

「鷹宮先生のように理性の強すぎる人には徐々に知ってもらった方がよいと思ったんだ」

校長は黒島の成り立ちを聖子に聞かせた。

琉球王朝時代この島には八つの集落があり、人口は現在の六倍以上の千四百人を超えていた。島の歴史のなかで現代はもっとも人が少ない時代である。八つの村には合わせて十五の御嶽《ウタキ》があり、島を網目のように細かく守っていた。それが戦後、産業構造の転換によって多くの御嶽の運営が困難になった。

それでも島人は祭祀《さいし》を諦《あきら》めず兼任しながら御嶽を守ってきた。しかしツカサの高齢化、過疎化と時代の逆風に晒《さら》され、十五あった御嶽のうち三つしか守れなくなってしまった。

「私たちはそれが時代の変化だと最初は受け止めようとしていた。たった二百人の住民でかつてのような祭祀は不可能だ。神様も許してくださるだろうと思っていたんだ」

するとある時、島の子どもたちが不思議な行動を取るようになった。

「最初はまだ私が駆け出しの教師の頃だった。学芸会でお芝居をすることにしたんだ。子どもも少ないから、簡単な劇がいいと思って『ちびくろサンボ』を選んだ。子どもたちは喜んで練習に打ち込んでくれたものだよ」

しかし学芸会の当日、子どもたちは予定された芝居を全く無視した行動を取った。どこからか網を持ってきて、サンボ役の男の子がこう叫んだのだ。

「みんな、見ろ。海に石が浮いているぞ」

そう言うや、子どもたちが海に浮いた石を網にかけ一生懸命かけ声を合わせて引いた。その光景を舞台の袖《そで》で見ていた若き日の校長は血の気が引いた。

「私は子どもたちが大人をからかっているのではないかと思った。でもみんな活き活《い》きとした表情でいい芝居を見せてくれた。引き込まれるほどの演技だったよ。お客さんも拍手喝采《かっさい》でね。怒るに怒れなかった」

「海に浮かぶ石と網って確か図工の時間に……」

と聖子が怪訝《けげん》そうな顔をしたら、波座間が教えてくれた。

「島の創世神話だよ。この島の最初の御嶽は海に浮いていた石を祀《まつ》ったところから始まったんだ。それが浮海《フカイ》御嶽、島の東側にある」

「波座間先生は知ってたんですか？」

「鷹宮先生のときよりずっとインパクトがありましたよ」

波座間は十二年前に、子どもたちと浜辺に体験学習に出かけた。その時、ひとりの子が海に浮かぶ石を発見した。波座間は目を疑った。海に浮いているのではなく、石は宙に浮いていたからだ。その石をみんなで手繰り寄せ、浮海御嶽に納めに行った。波座間は何度も制止したが、子どもたちは何かに取り憑《つ》かれたように虚空を見つめながら御嶽に向かった。波座間はこのことをすぐに校長に告げたが「無視しろ」と圧力をかけられてしまった。

「あのC60フラーレンを見たとき、またあの時期がやってきたのかと思いました。鷹宮先生にどう説明したらいいのかわかりませんでした」

「誰でも最初は驚く。そして理に適《かな》っていることを知り、受け入れる。麻子の詩で鷹宮先生とやり合ったときがあったでしょう。あの詩はユングトゥと言って、島のツカサたちが豊年を祝うときに歌った神聖な言葉なんですよ」

「なぜ子どもたちがそんなことをするのですか？」

　聖子の疑問に校長が答えてくれた。ツカサは神の啓示によって覚醒《かくせい》した巫女《みこ》が始まりとされる。神の言葉を聞き、命じられて動く。そのとき自我はなくあくまでも僕《しもべ》として全体に奉仕する。時代を経て世襲制の神職組織が作られたが、それは宗教による統治を目論《もくろ》んだ王府の政策である。

「今この島にツカサはひとりしかいない。彼女だけで十五の御嶽を統治するのは難しい。だから代わりになる人が必要になる。それが子どもたちだ」

　十二年に一度、子どもたちが神の世界と現世を繋《つな》ぐ橋渡しになる。大人たちはその行動を見て、豊年祭が近いことを知るのだ。

「きっと子どもたちは今頃、御嶽を巡っている。豊穣《ほうじょう》の神ミルクとともに。だから決して見てはいけない。神聖なる儀式なのだ」

聖子は子どもたちの一連の不可解な行動がやっと腑《ふ》に落ちる思いがした。聖子が努力で獲得してきた知識を超える豊穣な世界が島に広がっていた。そう思うと聖子の胸が詰まる。

「あの子たちは、神の子だったんですね……」

その言葉に職員たちがどっと笑った。

「わかってないなあ鷹宮先生。だからあなたは頭でっかちだって言われるんですよ」

と波座間は腹を揺すって笑う。

「なにがおかしいんですか。私は今感動しているんですよ」

「鷹宮先生、あなたもそうなんですよ」

と校長が諭す。鷹宮がこの島に赴任したのは彼女の意思ではないというのだ。

「マレビトという言葉を知っていますか。果報をもたらす異人のことです。島ではマレビトを崇《あが》めます。あなたを島に招いたのは黒島の神なのです」

校長は神から預かった子どもたちを、ただ放置しておくのが教育とは思わない。十二年ごとに現れる神の子は、人生のなかで一度だけ神と邂逅し、その後は人として生きていく。島に果報をもたらす子どもたちへのお礼は最高の教育を授けることだと信じていた。校長はこのことを島のツカサに申し出、最高の教師をマレビトとして来訪させるよう祈願した。その願いは叶《かな》い、最高の頭脳を持ち理想に燃えた鷹宮聖子が黒島に赴任した。

「私は自分の意思で島に来ました」

と聖子は不機嫌そうに言う。

「もちろん、その考えは尊重します。でも我々はあなたをマレビトとして迎え入れたい」

沸き起こった拍手に聖子は戸惑い気味だ。


午後になって子どもたちが学校に戻ってきた。子どもたちは朝から学校にいたと疑っていない。集団催眠のような眼差《まなざ》しで黙々と席に着いた子どもたちは、授業終了のチャイムで正気に戻った。そして金切り声でお腹が空《す》いたと騒ぎ始めた。

「はい。給食の時間です。当番は準備しなさい」

みんなで一緒に食べる給食が聖子には一番の楽しみだ。神から愛《め》でられた束の間の時は終わり、彼らはこれから人として生きていく。余生として過ごすにはあまりにも長い時間だ。もしそのために聖子がマレビトとして遣わされたのなら、使命を全《まっと》うするまでだ。

聖子は帰りの会で、意を決した。

「明日《あした》から毎日、テストをします！」

「えー。先生、またぼくたちが悪いことしたんですかー」

子どもたちは地団駄を踏んで抗議するが、お構いなしだ。

「うるさい。学校は勉強するところです。先生はみんなを幸福にする責任があります。先生があなたたちに与えられるのは可能性だけです」

「可能性はいりませーん」

と子どもたちは大声で揃える。

「それでも神の子か。島を愛するなら勉強しなさい！」

翌日、教室でのたうち回る子どもたちを横目に、校庭を黙々とマラソンする聖子の姿があった。

与那国《ドゥナン》島

八重山諸島の西の果てに台湾島と対峙《たいじ》する防人《さきもり》の島がある。親島の姿を見ることも叶わず、西の海でひとり異国を望む姿は孤高の旅人だ。与那国《よなぐに》島は猛烈な風と波に打ちつけられ厳しい風土を培ってきた。「嵐」だけがこの島の友人であるかのごとく——。

島の西端に久部良《くぶら》という村がある。断崖《だんがい》絶壁に覆われた島のなかで船を着岸させられる場所がこの村だ。寂れた港に微《かす》かな熱が残っている。かつて賑《にぎ》わいを極め、熱狂を体験した記憶がゆるやかに風化している。繁栄の絶頂があったからこそ、寂れていく過程に退廃が生まれる。久部良は祭のあとの静けさのまま、時の坂道を下っている。

与那国島は日本で一番遅く日が沈む島だ。久部良港は最後の夕日を浴びて一日を終えようとしていた。

港に体操着姿の少女が駆けてきた。ダボッと着崩した姿とベリーショートの髪型は、敢《あ》えて少女性を排しているかのように見える。同学年の男子と比べても東迎《とうげい》夏穂《かほ》は頭ひとつ分は背が高かった。

「広栄丸《こうえいまる》だ」

とまだ船影は防波堤の先なのに、港に満ちてくるエンジン音に手を振る。海人《ウミンチュ》の父をもつ夏穂は、毎日学校帰りに父を迎えるのが日課だった。傍目《はため》には孝行娘に映る夏穂だが、父を労《ねぎら》っているわけではない。毎日港に来る理由は、父の所有する船「広栄丸」に触りたいからだった。

なぜか夏穂は船を見ると血が騒ぐタチだ。男の子が幼い頃に乗り物に興味を示すのと同じように夏穂はお人形やままごと遊びに目もくれず、船に関心を持った。重油の匂い、潮でべたべたしたデッキ、エンジン音、救命胴衣、浮き輪、船に関わるものならみんな好きだった。

広栄丸は十トンほどの船だったが、船足は速かった。与那国島の時化《しけ》た海を渡るためには馬力のあるエンジンを積んでおかなければならない。付近に衛星島がないために、一度海に出ると頼りにできるのはエンジンしかないからだ。

夏穂は接岸作業もお手のものだ。係留ロープを投げると同時にデッキに飛び移っている。まるで蜘蛛《くも》が無意識に巣を張っていくように、エンジン音が鳴っている間に作業を終えてしまう。

「お父さん、私が来年、中学校を卒業したら広栄丸をくれるって言ったの忘れてないよね？」

「小型船舶の免許が取れる歳になったら、という約束だろう」

「二級免許なら十六歳から取れるのよ。だから来年」

広栄丸獲得の野望は着々と進んでいた。国際VHF通信の海特免許は去年取った。資格だけなら夏穂は大型船の通信士にもなれる。

「高校に進学したら島を離れるんだから、船どころじゃないだろう」

「通学に広栄丸を使おうと思ってるの」

「フラー（馬鹿）！　石垣島まで広栄丸で通えるわけないだろう。何時間かかると思ってるんだ」

「五時間くらいかしら？　明け方の三時に出発したら八時には石垣港に着くわよ。帰りは五時に出港して夜の十時に久部良港に着くでしょう」

夏穂の計画は与那国島と石垣島の百二十七キロメートルを自宅通学するというものだった。無論ナンセンスな話である。

しかし夏穂は大真面目だ。たかが進学で船と接するのを諦《あきら》めるなんて道理に合わないと思っていた。高校に進学するのもみんなが行くからではない。より大型の船の免許を取れる海上保安大学校へと進むためだ。遠洋航海の一級海技士になれるなら商船系でもいいと思っている。とにかく夏穂は船は大きければ大きいほど偉い、と素朴に思っている。漁船より旅客船の方が偉く、旅客船より巡視艇の方が偉く、巡視艇より、フェリーの方が偉く、フェリーよりイージス艦の方が偉い。この論理の行き着く先には五十五万トン級のマンモスタンカーが待っている。夏穂はできることなら、二十四時間一生涯船で暮らしていたいと切望していた。

「広栄丸に飽きたらまたお父さんにあげるから高校の三年間だけ我慢してよ」

と夏穂は笑った。彼女はこの防人の島で小さく生きていく気はさらさらない。

「おまえ、看護学校に行くんじゃなかったのか？」

「それはお父さんの一方的な希望でしょ。なんでこの私が高慢チキな医師の指示を受けて働かなきゃいけないのよ。船医に命令するならわかるけど」

「船医って、おまえは何をする気だ」

「決まってるでしょ。百人のクルーの命を預かる船長になるのよ！」

「まだそんなこと言ってるのか」

とバケツが投げつけられたのを、夏穂はひょいとかわして岸壁に着地した。その後は疾走する背中しか見えない。まるで早く島を出たくてうずうずしている鷹《たか》の雛《ひな》のようだ。

「清子《きよこ》オバァの血が現れた……」

と父は女傑と呼ばれた母のことを思い返した。


東迎清子といえば島で知らない人はいない。いや彼女の名を知る者は台湾や福州《ふくしゅう》でさえ少なくないのではないだろうか。東迎清子は戦後の混乱期に現れ、沖縄を救った女海賊として名を馳《は》せた。清子の密貿易の基地となったのが、この久部良港だ。

当時の繁栄は今でも語り草だ。人口千五百人しかいない与那国島に三千人を超える密貿易商人たちが集い、不夜城のような賑わいに包まれた。商人たちを相手にする宿や酒場、補給物資の積荷で港は拡幅工事をしなければ海に落ちると言われていた。その久部良港の消えない明かりは遥《はる》か台湾の宜蘭《ぎらん》市まで届いたという。水平線の彼方《かなた》から届く久部良港の明かりは星よりも輝いていたそうだ。

かつての密貿易の女王は今ではなりを潜めて島のオバァとして暮らしている。久部良の村に豪邸と見紛《みまが》う建物がある。どんなお大尽が住んでいるのかと近づくと、建物に窓と扉がないことを不審に感じるだろう。建物の外壁はイスラム建築を彷彿《ほうふつ》とさせるモザイクタイルとドームで覆われていた。この建物に現在主人はいない。なぜならこの壮麗な建築物は墓とされていたからだ。

建築費一億円はくだらないと言われた墓の所有者こそ、東迎清子である。当人はまだ存命しており、八十九歳とは思えないほどピンピンしていた。彼女は墓所からほど近い場所に暮らしていた。

「清子オバァ、来月の生活費のことなんだけど――」

と金を無心しに来たのは夏穂だ。直接両親が来ないのは説教されるのが怖いからだ。面倒な用件は孫娘の夏穂を使うことにしていた。

夏穂と清子は祖母と孫娘という単純な関係ではない。ふたりの気質は年齢差を感じさせないほどよく似ていた。

片膝《かたひざ》を立てて座敷で煙草をくわえていた清子は、用意していた封筒を差し出した。

「三十万円ある。持ってけ」

「ごめんね、うちの親はクレクレ厨でさ」

「はした金でガタガタ騒ぎたくない。ところで夏穂、先月渡した百万円はどうなった？」

清子は煙草の煙をふうと天井に向けて吐いた。

「ああ、あれ……。ガソリン先物取引って難しいんだね……」

「すっ飛ばしたのかい？」

清子は孫娘に小遣いを与える代わりに市場で資金調達する術《すべ》を教えていた。最初に外貨預金から教えて、先物取引市場に参入させたのは今年に入ってからだ。市場の勘がまだ摑《つか》めない夏穂はもう三百万円の損失を出している。

「オバァの大事なお金だったのに、ごめんね」

「悪いと思ってないなら謝るんじゃない」

「そうでした。思ってません」

夏穂がベロを出し、清子と目を合わせて笑った。

「お金は運用しないと腐るから、貯めておくなんて考えるんじゃない。百万円損したら一千万円儲《もう》けることを考えるんだ」

清子が手ほどきしているのは金と人間の関係だ。かつて清子は海を越えて財を築いた。あの熱気をもう一度、島に蘇《よみがえ》らせたいというのが彼女の願いだった。

「オバァ、あの頃の話を聞かせてよ。久部良港はすごかったんでしょう？」

「そうだ。まるで祭のような賑《にぎ》わいだったよ。人と金と物が行き交う大きな市場だった。台湾人がこう言ったのを覚えているよ。久部良はまるで小さな香港のようだ、と清子は当時のことを懐かしく語り始めた。

――」

今から六十年前の一九五〇年のことだ。沖縄はアメリカの統治下に置かれ、日本と異なる戦後を迎えていた。沖縄本島のほとんどは軍事基地化され、来る米ソ冷戦に向けて着実に軍備を増していた。

沖縄は激戦に見舞われ、生産基盤のほぼ全てを失ってしまった。田畑は全て焼かれ、食糧自給さえ困難な状況に見舞われていた。米軍の物資配給だけではとても生きていけず、食うに困った民は、八重山諸島の地理的特性に目をつけた。即ち国境の島、与那国島である。

晴天の日に水平線の彼方に台湾の中央山脈が出現する与那国島は、台湾へは親島の石垣島に船を走らせるよりも短時間で辿《たど》り着ける。米国海軍の国境警備は厳しいものの、夜間足の速い船でなら、なんとかかいくぐれるかもしれない。そんなことを思いついたのは自然の理《ことわり》だった。

最初に台湾島への海路を確保したのは、一隻のバージ船だ。

当時二十代の娘だった清子は、久部良港の漁協で働いていた。給金はひとり生活するのも厳しいほどで、他の島に出稼ぎに行かねばならないかと思い詰めていたときだ。一隻のバージ船が久部良港に入港するのに立ち会った。見れば何やら物々しい雰囲気である。しかし不吉な感じはしなかった。船員たちの目についぞ見たことのない熱が宿っていたからだ。

「お嬢さん、これを持っていけ」

と船員のひとりが気前よく清子の懐にずっしりとした紙袋を渡した。中を開けた清子は目を丸くした。

「これは砂糖だわ！」

もう何年も食べたことのない味に舌が痺《しび》れる。真っ白な粉は喉《のど》から鼻をくすぐり、やがて目から一滴の涙を生み出す。毛穴まで味蕾《みらい》に変わったように全身が痺れてしまった。清子は船員の背中を追いかけた。

「すみません、これをどこで手に入れたのですか？」

男は顎《あご》先で西の海を指して笑う。国境を越えてきたばかりの勇ましさが呼気に感じられた。

「台湾――。台湾に行ったのね！」

「ああ、台湾には食べ物も着る物もたくさんあるからな」

「でも、無断で国境を越えてはいけないのでは？」

「台湾はちょっと前まで日本領だっただろう？　ここは日本だと思っていたけど、今ではアメリカさ。国境なんて偉い人の気まぐれで決まるものさ。目の前に台湾が見えるのに、なぜ行っちゃいけないんだ？　飢えているのに食べたいと思うのが法律違反か？」

その言葉に清子は目から鱗《うろこ》が落ちる思いがした。そう、生きていかねばならない。ただ沖縄は生きることに著しい制限を受けている。日本から捨てられ、新しくやってきたお上のアメリカも住民を豊かにすることを考えていない。折しも朝鮮戦争が勃発《ぼっぱつ》し、米軍は太平洋の覇権を懸けた闘いに挑んでいる。沖縄は米国の前線基地となっていた。

清子は宿に帰ろうとする男の背中を追いかけた。

「あの、お願いがあります。私も台湾に連れて行ってください」

「やめておけ。命がいくつあっても足りないよ」

台湾もまた政情不安だ。戦後勃発した国共内戦により、国民党は台湾島に逃れ中国との対立を激化させていた。東アジアはどこで戦火が起こってもおかしくない状態だった。

「本気でお願いしているんです。いつ船が出ますか？」

清子は男の袖《そで》を引っ張る。その勢いに男はじっと清子の顔を見た。女のものとは思えない遠くを見つめる野心の眼差《まなざ》しだ。

「あんたいい眼しているな。だったら考えな。俺は新崎《あらさき》って言う。あんたも一緒に豊かになれる方法を」

新崎は船は来週に出ると言い残して宿に戻った。

それから清子は自宅で砂糖を舐《な》めながら考えた。国共内戦で台湾には迂闊《うかつ》に近づけないことは知っている。もし船に乗れたとしても家族分の食料を買うためだけに冒すには大きすぎる危険だった。必要なものは食料だけではない。薬品も衣服も料理をする包丁すらない。何より東迎家は戦争で生き残ったものの、何人かは餓死を覚悟しなければならないほど追い詰められていた。

「落ち着いて考えるのよ。私が生きる方法。そしてみんなが生きる方法はないかしら？」

清子は久部良村を散策しながら考えていた。粗末な小屋が並ぶ集落は、繁栄とはほど遠い姿だ。これが与那国島の歴史である。物心つく前に島人はここが西の果てだということを教えられる。一日の最後を見届ける斜陽の島に繁栄の日差しが射したことはない。ここは有史以来、そういう宿命の下にあるのではないか、と清子は感じている。

「ダメよこんな考えじゃ。もっと頭を使うのよ」

砂糖を舐めたときに感じた衝撃は、体が欲していたからだけではなかった。甘みが与えた快感のなかに希望を確かに見たのだ。清子はそれを確かめるために、もうひとつまみ砂糖を舐めた。

「サンアイ・イソバなら答えを知っているかもしれない――」

サンアイ・イソバとは十五世紀末に与那国島を治めたといわれる女酋長《しゅうちょう》のことである。伝承によるとイソバは巨体豪腕の持ち主で四人の兄弟に四つの村を治めさせ、中央集権の体制を敷いた。また宮古島と独自の貿易を行い富を築いた。殊に十六世紀、宮古勢が与那国島を襲撃したときには、獅子奮迅《ししふんじん》の闘いでこれを撃破し、自ら宮古勢の大将の首を取った。以後、イソバは与那国島の政治的・精神的象徴として民から敬愛されたという。

翌日、清子はイソバが籠《こ》もったというティンダバナの山に向かった。

雨と風の打ちつける与那国島らしい嵐の日だった。島の北部にあるティンダバナの山は山というよりも、巨大岩盤が露出した形をしている。遠目には沖縄本島でよく見られるグスクに映るが、近づくにつれオーストラリアのウルルを彷彿《ほうふつ》とさせる。

「イソバ様、私とみんなが生きる道を教えてください」

清子は祈りを捧《ささ》げ、ティンダバナに登った。雨の日ほどティンダバナが活気づく日はない。ティンダバナには無数の湧き水があり、岩盤から噴き出る雨水が容赦なく清子を打ちつける。頭上を覆い尽くす岩の回廊を潜り抜け、足下を湧き水に取られ、吹きつける風に目を潰《つぶ》され、ティンダバナと真っ正面から向き合う。まるでこの島の風土がティンダバナに集約されているとしか思えなかった。やがて清子はティンダバナの頂上に辿り着いた。

風と雨と雲のなかで見下ろした島は四方を海で塞《ふさ》がれているように映った。風上に体を向けた清子はしばし嵐に身を委《ゆだ》ねることにした。

「イソバはこの景色を毎日見ていた。どこに答えがあるのだろう」

しばらくして清子は島が大海原を渡る船のようだと思った。そう見立てると与那国島は船の形によく似ている。ここは孤島ではなく巨大船なのではないか。船のデッキに村や田畑があるとすれば、これほど雄大な船はない。ならばティンダバナは司令のいる艦橋だ。

「イソバは船を操舵《そうだ》するような気持ちだったのかもしれないわ」

同時に見えてきたのはここは果てではないという視点だ。この島は世界の中心に向から洋上の途にあるのではないか。どこに向かうか艦橋で決めることができる。清子は舳先《へさき》に見立てた島の西端を睨《にら》んだ。

「この船は台湾を目指すわ」

その後の清子の行動は迅速だった。今まで爪に火を灯《とも》すようにして貯めていたなけなしの金を全て引き出し、換金できる私物を売り払い金を工面した。そして密航するバージ船の出発日に久部良港にやって来た。

「この金でキニーネとペニシリンを買ってきて」

船乗りの男は怪訝《けげん》そうな顔つきで尋ねた。

「砂糖の方が高値で取引できるぞ」

「砂糖は生きている人に必要だけど、本当に必要なのは生きるために闘っている病人たちを救う薬よ。もし買ってきたら売上の半分をあなたにあげるわ」

「あんたは台湾に行かないのかい？」

「私はもう船に乗っているわ。大切なのは舵《かじ》を手放さないこと」

先週、偶然会った女とは形相が変わりすぎているのが不思議だ。歯切れのよい言葉はまるで船長のように的確である。新崎は取引を受け入れ、バージ船に乗り込んだ。

夕日に向かって進むバージ船はやがて完全に闇に溶け込んだ。

十日後、バージ船は再び久部良港に入港した。二度目の入港は少しばかり迎えの人が増えていた。砂糖に群がる島人を横目に、清子はキニーネとペニシリンを新崎から受け取った。

清子の読みは当たっていた。薬を市場に出した途端、仕入れ値の十倍に跳ね上がった。キニーネは当時風土病と恐れられていたマラリアの特効薬として瞬く間に八重山諸島に広まっていった。

清子は約束通り、売上の半分の金を持って新崎の前に現れた。男は出された札束にほくほく顔だ。

「あんたの読みはすげえな。一万B円の元手で十万B円に増やしたんだから」

「取り分は五万B円よ」

そう言って封筒を一度新崎に渡した後で、清子は話を持ちかけた。

「その五万B円のうち、四万B円を私に投資してくれないかしら？　倍にして返すわ」

「あんたに預けてみるのも面白いかもしれないな。で、次は何を買ってくればいい？」

清子は新崎にそっと耳打ちした。

「綿製品よ。手拭《てぬぐ》いになりそうな薄手の綿。それを半分だけ買ってきて」

「服を作ろうっていうのかい？」

「違うわ。戦争が終わって何か感じたことはない？」

新崎は周りを見渡したが、これといって変わったことはない。爆弾が落ちてこないのが大きな変化だろうか。久部良港に活気が戻ってきたが、景観はさほど変わらない気がする。

「子どもがたくさん生まれているのよ。襁褓《おしめ》が必要になるわ。だから残りの半分は粉ミルクを買ってきて。絶対に売れるはずよ」

清子の目論見《もくろみ》通り、綿のロールを襁褓の長さに切って売ったら、三日で全て売り切れた。同じように粉ミルクも飛ぶように売れた。

大金を手にした新崎は酒の勢いも荒い。

「あんたを女にしておくのは勿体《もったい》ねえ。これからは姐《ねえ》さんと呼ばせてください」

アルコール六十度の島の酒は火がつくほど強い。その泡盛をコップになみなみと注がれた清子は、一気に飲み干した。

「船長は私よ。私は果報へとこの島の舵を切ってみせるわ」

「姐さん、次は何を買ってきましょうか？」

「柄物の綿よ。戦争が終われば女の人はお洒落《しゃれ》したくなるものよ」

清子の読みは面白いように的中した。柄物の綿を見た女性たちは無理をしてでもほしがった。清子の仕入れた綿がワンピースになって町を彩り始める。戦後初めて沖縄にやってきたケーキ（景気）時代の幕開けだった。

「おーい、今日は台湾が見えるぞー」

と港にいた男があちこちに声をかける。台湾の島影が見えるのは島でも年に数回ほどだ。清子は水平線の彼方《かなた》に目を凝らした。洋上に出現した台湾山脈は視界の全てを覆い尽くすほど広々と横たわっている。見渡す限りの山影はまるで大陸と見紛《みまが》うばかりだ。台湾島が出現するとき、ここは八重山諸島の辺境であることを忘れさせてくれる。むしろ今は富にもっとも近い島ではないだろうか。目の前に果報が見える。国境なんて概念だけの線で、阻むほど大きな障害ではない。

何も躊躇《ためら》うことはない。清子は自分は間違っていないと確信した。

「針路は西よ！」

清子が当時のことを懐かしむように夏穂に語った。あの青春の日は今も色褪《いろあ》せることなく清子の胸に生きていた。

「オバァは海賊だったんだね」

「商売人と言っておくれ」

「ううん、女海賊よ。カッコイイなあ……」

と惚《ほ》れ惚《ぼ》れしたように夏穂が溜息《ためいき》をつく。幼い頃から何度も聞かされた逸話だが、いつしか夏穂の方から話をせがむようになった。清子の孫たちの中で密貿易時代のことを熱心に尋ねてくるのは夏穂だけである。どの孫も年寄りの思い出話とでもいうように通り一遍の相槌《あいづち》しか打たなかった。

夏穂は清子の生きていた時代が羨《うらや》ましかった。

「いいなあオバァの時代は、デタラメが横行しててさ。何やっても自由だったんでしょう。私もそんな時代に生まれたかったなあ……」

「マラリアで人が死んで、食べ物もない、政府は戦争ばかりしている、いつソビエトの核が落ちてくるかわからない時代のどこがいいんだい」

「そういうピンチな感じがいいのよ。うるさいこと言う人がいなさそうだし、空気読めとか言われなさそう。女でも腕ひとつでのし上がれる時代っていいなあ……」

夏穂はときどき自分の人生がとても窮屈なものに感じる。丸坊主に近い髪型にしたのもささやかな反抗のひとつだ。大人たちは何不自由ない生活をさせてやってると勝手に決めつけて満足しているが、それほど自由を感じないのはなぜだろう、と夏穂は思う。巧みに誘導されたレールの上で右に行くか左に行くかしか選択肢がない。どっちのレールを選んでも行き着く先は「安定」という名の駅なのはわかりきっている。

「そもそもレールってのがイヤなのよ。島には鉄道がないんだから、軌道の上を走ることに興味がなくて当然じゃない？　もっと島に合った提案をしてほしいのよね」

と夏穂は呟《つぶや》いた。

「じゃあ、どんな道だったらいいんだい？」

「そうねえ……。自分で針路を決められる船ならいいのに」

「じゃあ、船のように生きてみればいい」

「軽く言ってくれるけど、そんなことしたら沈められるのがオチよ。中卒の就職口なんてひとつもないんだもの。今の私はどん詰まりよ」

「それは当時の私も同じさ。米軍に拿捕《だほ》されたら犯罪者だよ」

確か一週間前も同じところで話が止まった。今の清子は鷹揚《おうよう》に笑っているが、当時は死線を彷徨《さまよ》うような命がけの行為だった。

「夏穂、よく聞きなさい。今を生きるということは、どんな時代でも大変なことなんだよ。私からすれば、今だって嵐のような時代さ。正しい道なんて誰にも見えない。みんなとりあえず避難することしか考えない。あの頃だって大多数はそんな考え方だった。沖縄は捨てられ、奴隷のように生きていくしかないとみんなが諦《あきら》めていたよ」

「でも私はオバァのように海賊として生きてみたいなあ……」

そう言って抱えた膝《ひざ》を揺する夏穂を見ていると、清子はもどかしくなる。孫娘が自由がないと諦めているのは、彼女自身の選択だ。右に行っても左に行っても同じ駅なんて本当はない。ただ傷つかないように先回りして、無理に納得しようとしているだけだと思う。

「今日は台湾が見えるくらい天気がいいね。海に行ってみようか」

と清子が誘った。足腰が弱くなってから滅多に外に出なくなった清子から誘うのは珍しい。元々、清子は出歩く必要のない人間だ。用件は申しつければ事足りるし、今でも当時のことを恩義に感じている島人が様子を見に途切れず訪れたからだ。

久部良港の先に、日本最西端の碑がある。船の舳先《へさき》のように迫《せ》り上がった崖《がけ》は、巨大な岩盤島という風土を端的に表していた。波も風も厳しい外洋のものだ。どんなに穏やかな日でも十メートルを超える波飛沫《しぶき》が立つ。

夏穂は清子の手を引いてゆっくりと展望台に登った。

「私、ここに来るたびになぜこの島は荒れているんだろうって、ずっと思ってた。竹富島みたいなきれいなビーチがないんだろうって」

足下に広がる海は、珊瑚礁《さんごしよう》さえ寄せつけない深みだ。

「夏穂はこの島が嫌いかい？」

「わからない」

景色があまりにも雄大すぎて、個人の気持ちを託しにくい場所だ。波も風も猛烈な勢いで通りすぎていく。たとえるなら渋谷《しぶや》のスクランブル交差点の中央に立ち、この景色が好きかどうか問われているような気分だ。見ず知らずの他人があっという間に誰ともぶつからず反対側に渡っていくように、波も風も目的地はここではない。目指すのはもっと美しい他の島々だろう。

清子は遠くを見つめる眼差《まなざ》しで答えた。

「私は好きだね。八重山の誰よりも早く風を感じて、私が見た波が八重山の海になっていく。ここは時代の波頭さ」

「私もそう感じられるような人間になってみたいなあ」

「なれるよ。生きるのが怖いと思える人は、時代の波頭を感じている人さ」

「オバァは怖いと思う？」

清子は何も答えなかった。そう感じられた日は遠い昔のことで、今は懐かしさに満ちている。そうなったら時代の主役から降りなければならないと清子は思っている。

「怖いと思える日はあっという間に終わるよ。怖さを克服する人だけが、海原を渡っていける」

「残念。今日も台湾は見えないね」

　水平線はこの海の先に何もないと無言で示していた。夏穂はこの海を丸いと見たコロンブスはどういう心理だったのかと思う。普通に見る限り、水平線の先は断崖絶壁《だんがいぜっぺき》の瀑布《ばくふ》になっているとしか思えなかった。水平線の先に大陸があると確信しないと怖くて渡れないのではないか。

「当てずっぽうでいいから、夏穂はどこに行きたいか指してごらん」

　清子に言われて夏穂はしばし考えた。親島の石垣島がある東を指すのがたぶん普通の感覚だろう。だが違和感がある。そこには人並みの幸福や生活はあるだろうが、それほど魅力的に感じなかった。夏穂の心の奥底にあるのは、怖さの先にある希望だ。

「針路は西かなあ……」

　とおずおずと何も見えない水平線の彼方を指さした。六十年前の清子も同じように海を見つめていた。

「思い出したよ。あの日の私は生きた心地がしない嵐のなかにいたね……」

終戦後、初めて体験したケーキ時代に久部良の村は熱狂した。沖には入港できないバージ船が海を塞《ふさ》ぐように並んでいる。夜間になると灯《とも》る船の明かりが壮観だった。まるで海上都市のように、陸地の明かりを上回った。この規模になると密貿易という言葉は馴染《なじ》まない。コソコソ隠れることなく、堂々と積荷が水揚げされていく。沖縄において密貿易は生きていく術《すべ》であり、雇用であり、物流の要《かなめ》だった。

そして与那国島の歴史において、初めて経済の中心となった時代でもある。今や与那国島の密貿易なくして沖縄の暮らしは成り立たなくなっていた。

『南海商事』

そんな看板が久部良港に立ったのは三ヶ月が過ぎてからだ。物資の倉庫と経理をするのに会社組織が必要になってきた。おろしたての開襟シャツを着た新崎が専務に任命された。

「これからあなたは港にいて、経理を担当してちょうだい」

と髪をセットした清子が新崎の背中を押す。二人は階段を駆け上がるように富豪の道を歩み始めていた。

「姐さん、俺たちは一代で財を成してしまったなあ」

「新崎、これからは私のことを社長と呼びなさい」

半年前までその日暮らしの船乗りだった新崎が、新興ブルジョワの仲間入りである。これが海とともに生きる醍醐味《だいごみ》だ。昨日、事務所にはじめて電話線が引かれた。通じるかどうか確認する暇もなく、目覚まし時計のように電話が鳴り響いた。

『那覇の大倉商会です。南海商事ですか？　砂糖を十トン買い取りたい』

『コザの安里酒店です。ウイスキーを二十ダース調達してほしい』

『名護《なご》の興国海産です。撒《ま》き餌《え》のオキアミを三トンほしい』

暢気《のんき》に帳簿をつけていればいいと高をくくっていた新崎は、すぐに電話対応の社員を雇わねばならなくなった。電話回線を二回線に増やしてもすぐに対応できなくなった。五人の営業マンを雇い、船の運航部を作り、安定的に船乗りを供給するために社員契約した。瞬く間に南海商事は八十人を超える会社組織に急成長した。登記を那覇市に改めた南海商事は飴玉《あめだま》から大型機械までを扱う総合商社への第一歩を歩み始めた。

三つ目の事務所の落成式に清子が祝杯をあげる。

「我が社はこのたびバージ船を十隻買いました。これからは毎日ピストン輸送で物資を途切れなく久部良港に入れましょう。与那国島の繁栄を祝って乾杯！」

防人《さきもり》の島だった与那国に灯った繁栄の灯火が火山の爆発に変わった。今や久部良港は船が途切れることなく入港する不夜城の様相を呈していた。一攫千金《いっかくせんきん》の夢を懸けた密貿易商人たちが広く沖縄の島々から集い、住民の数を上回る勢いで増え続けている。

「那覇に舶来品を扱う会社を作ったわ。米軍の物資を横流しするから、それを日本へ売りなさい。ウイスキー五百ケースを調達してきたわ」

「すげえジョニ黒だ」

ケースを開けた商人たちが歓喜の声をあげる。アメリカ軍お墨付きの優良店でしか扱えない高級ウイスキーだった。これを神戸の富裕層に売ろうというのだ。客は日本人ばかりではない。仕入れ先でしかなかった台湾の富裕層も今や大切な売り先になっていた。

「国民党の幹部向けの商品も手がけたいわ。アメリカ製の煙草、高級ウイスキー、革製品、調度品、家具とかがいいと思うのよね。新崎、どうやって手に入れようかしら?」

「社長、PX(陸軍購買部)の商品を横流しするってのはどうでしょう?」

「PXの商品を今まで通り横流ししてもらっても、規模が小さいわ。もっと大量に扱う方法がないかしら?」

かつて船乗りだった新崎は港湾の物流の仕組みを熟知していた。

「社長、PXの商品はすぐにキャンプに送られません。まず検査のために一週間は倉庫に置かれます。その後、トラックでキャンプキンザーへ。だから倉庫にあるうちにコンテナで買い占めてしまいましょう」

「それ、上手《うま》くいくの？」

新崎はスーツの内ポケットの中に手を入れる仕草をした。

「袖《そで》の下次第ですかね」

「千ドルあれば足りるかしら」

清子はハンドバッグの中からドル紙幣の束を無造作に投げた。現在の価値で三百万円相当の金額だ。もはやこの程度の金額は清子にとって小遣いだった。

「ところで今日の船で台湾に行くわよ。準備なさい」

「社長が自ら台湾に!?　あそこは政情が不安定で危険です。どうかおやめください」

新崎にしては珍しく慌てた。国共内戦は激化を辿《たど》り、国民党は台北《タイペイ》へ退却せざるを得なくなっていた。中国共産党は台湾に逃げた国民党を叩《たた》くためにいつでも台湾を火の海にする準備を整えていた。

「こういうときだから信用を増す機会なのよ。国民党とは仲良くしておきたいし、危なくなりそうだったらすぐに逃げるから大丈夫よ」

商談の表敬訪問にしては清子は周到な準備をしている。腹心の部下である新崎にさえ直前まで教えないのもおかしい。清子が時代を読む力があるのは知っている。だが、ときどき新崎は自分たちがどこに向かうのかわからなくなった。

アメリカ製の口紅で念入りに化粧した清子はハリウッド女優のような出《い》で立ちだ。最新のファッションに身を包んだ貴婦人は、大の男も震えをなす剛胆な肝を持っている。用意された船はいつものバージ船ではなく、高速艇だった。

「那覇の会社に電話して。荷物は予定通り久部良港で引き渡す、と」

電話番の女がメモを新崎に見せた。久部良小学校を一日借り切ったというものだった。

「社長、学校を借り切って何をしようというんですか？」

「パーティよ」

運航表を見た新崎は「無茶だ……」と声を震わせた。今日の午後六時に台湾に向けて出港する高速艇は、明日《あした》の午前四時に久部良港に戻ることになっている。高速艇で台湾まで四時間かかる。荷積みと給油を考えれば港に一時間しか停泊できない。トンボ返りで戻ってきたら、すぐにまた台湾へ向かう。どんな目的がこの日程に隠されているのか新崎にはわからなかった。

「社長、私たちは商人ですよ。今日は台湾に行くと言い、明けにはまた台湾に行く。一体どんな商談をするつもりですか？　アメリカ海軍が国境警備に力を入れているっていうのに、なぜ危険を冒すんですか？　今度の荷物は何ですか？」

清子は悪戯《いたずら》っぽくウインクした。

「タ・カ・ラ・モ・ノ」

高速艇は予定通り、久部良港を出港した。船に乗り込んだ清子は子どもみたいにはしゃいでいた。船に積んだエンジンは軍用の特注品で三十ノットは出る。いざとなったら国境警備のアメリカ海軍の巡洋艦を振り切って逃げられるだけの速度はあった。

「海はいいわ。自由にどこにでも行けるもの」

舳《へ》先《さき》に立った清子は、念願の船に乗れて興奮していた。防人の島で貧しく生きていく運命を背負わされていると思っていたが、視点を変えればここが世界の中心になれることを証明してみせた。これからは与那国島を中心にアメリカ、台湾、日本を巻き込んでみせる、清子は熱い思いを胸に秘めた。

「社長、キャビンへお戻りください。これから波が高くなります」

外洋に出た瞬間、波の形に船が前後した。デッキにかかる波飛沫《しぶき》に清子はきゃあきゃあと騒ぎ、戻そうとする船員の手を突っぱねた。時代の波頭はいつも荒れていることを清子は知っている。これを恐れて未来はない。

「見て、もう夕日に追い越されたわ」

太陽は船を追い越し、遥《はる》か台湾の裏側に落ちていく。これだけ速く駆けても日を追い越すことはできない。日没を見ずに駆け抜ける方法があれば知りたかった。漆黒の闇に包まれた船は一路台湾を目指した。

「遅い。社長はまだ帰らないのか!」

久部良港で二分おきに時計を眺めていた新崎は、我慢の限界に達していた。時刻は午前三時三十分。予定では間もなく久部良港に清子が戻ってくるはずだった。居所を知られたくない密貿易船は無線を使うことを極力避けるが、今回ばかりは無線連絡がほしかった。新崎は港と会社の間を何度も往復し、無線機のマイクを握っては、置き直した。

「新崎専務、船が戻ってきました」

と港から連絡を受け、火をつけたばかりの煙草を捨てた。久部良港に現れたのは、アメリカ海軍の揚陸艇だ。

「まさか捕まったのか?」

「沖に巡洋艦が停泊しています。逮捕するつもりでしょうか？」

「待て。まだ社長が戻っていない。相手の出方を待とう」

箱形の揚陸艇が物々しいエンジン音を立てて久部良港に入る。まるで戦時の体験を彷彿《ほうふつ》とさせるものだった。下りてきたのは、礼服を着た海軍幹部たちだ。その中央にいる人物に新崎は見覚えがあった。

「あれは、海軍のターナー中将！　まさか？」

米国に支配された沖縄において、軍人は政治家でもある。ターナー中将は沖縄の統治を任されたトップのひとりだ。腕時計をちらりと見たターナー中将は新崎に目もくれず、沖を見つめて佇《たたず》んでいた。

しばらくして清子の高速艇が台湾から戻ってきた。颯爽《さっそう》と船を下りた清子の姿を見て新崎は安堵《あんど》すると同時に、逮捕されると血の気が引いた。

「社長、逃げてください！」

「大丈夫よ。ミスター・ターナー。ウェルカムトゥー・ヨナグニ」

物怖《ものお》じせずに前に出た清子は握手を求めた。そして船にいた部下に指示を出す。中から現れたのは軍服を着た台湾人だ。新崎には一瞬しか見えなかったが細面の横顔には見覚えがある。

「まさか蔣介石《しょうかいせき》……？」

清子は用意された車で学校に向かった。今回の清子の仕事は表に出せない政府要人の非公式会談の設定だった。アメリカと台湾が何を密約したのかは謎である。そして数時間の会談の後、蔣介石は清子の船で再び台湾に戻った。

後日、事実のあらましを知った新崎は、いつ破滅してもおかしくない道を歩んでいることに目眩《めまい》を覚えた。

「社長、蔣介石を連れてくるなんてやりすぎです。バレたら中国も台湾も日本もアメリカも戦争に巻き込まれてしまいます」

「だから非公式だったんじゃない。無事に帰したんだし、アメリカも台湾の出方を窺《うかが》えたんだから両方にとってよかったのよ」

マニキュアを乾かそうと指を遊ばせた清子は意に介さない。

「うちは米軍の品を横流ししている海賊だってことをお忘れですか？」

「海賊を利用したのはターナー中将の方でしょう。アメリカは中国の手前、台湾に手を出せない。国民党も今はアメリカと喧嘩《けんか》している場合じゃない。仲介できるのは海賊だけよ」

「社長、このことがアメリカの不都合に触れた場合のことはお考えですか？」

「いつか、そういう日が来るかもね――」

新崎の予感は当たった。ある日、荷積みのコンテナをチェックしていた新崎が不審な木箱を発見した。

「これは弾薬！」

国民党と太いパイプを築いた清子は、武器の密売に手を染めた。初めは少量の弾薬から、やがて小銃や機関砲、そして戦車まで横流しを始めた。

「社長やりすぎです」

「欲しいって人がいるんだから、売れるものは何でも売るわよ！」

目の前に積まれた物資は戦闘機のエンジンだ。新崎はもう自分たちが坂を転がり始めていることを知った。

当時、アメリカは朝鮮戦争で擱座《かくざ》した戦車は修理せず路上に廃棄した。物量で圧倒的に上回るアメリカにとって戦車は消耗品にすぎなかったのだ。その廃棄された戦車を清子たちは修理して台湾に売った。

武器を台湾で消費しているうちはまだよかった。台湾の闇商人は最新鋭の戦車をほしがる北朝鮮軍に戦車を横流しした。物資は中国大陸から列車で北上し、二週間後にはアメリカ国籍のマークをつけた北朝鮮軍の戦車がアメリカ軍と戦うことになった。

朝鮮戦争で一時アメリカが劣勢に追いやられたのは、自らの武器に苦しめられたからである。

その事実を突き止めた海軍の動きは素早かった。今まで必要悪として黙認していた密貿易商人たちを一斉拿捕《だほ》したのである。米軍CICは政治犯を捕まえる組織である。与那国沖で一網打尽にされた清子たちは、逮捕されてしまった。

最西端の碑の展望台でそんな話を聞いた夏穂は、呆《あき》れてしばらく声がでなかった。

「オバァ……。パクられたんだ」

「そう。俗に言うアカ狩りの頃だよ。アメリカは私たちの物流を絶つことで朝鮮戦争に勝ったのさ。そして私たちのケーキ時代は終わった」

「何日パクられたの？」

「私は白状しなかったからね。半年くらい勾留《こうりゅう》されたかね」

「半年も？　よく耐えられたわね」

清子は当時のことを思い返して笑った。

「たまに外出して映画観たりしたから、そんなに辛《つら》くなかったね」

「なんで勾留されているのに、映画観たりできるのよ」

「まあ、袖《そで》の下ってやつかね。新崎が献身的に私を守ってくれたよ」

「オバァの時代っていい加減……」

「今も同じくらいいい加減なもんだけどね」

「その新崎さんはどうなったの?」

新崎は清子逮捕後、会社を守るために必死に闘った。押収される前に財産をほとんど神戸に移し、清子が釈放された後、神戸でもう一旗あげられるように事業を継続させた。清子の手腕を傍で見ていた新崎は、神戸でも指折りの商社に会社を成長させた。

「オバァはなんで神戸に行かなかったの?」

「私は島の女さ。神戸で幸せになるなんて考えられなかった」

「新崎さんは辛かったでしょうね。ご家族はいたの?」

「生涯独身だったらしいね。いい縁談がいくつも来たのに、全て断ったって風の噂で聞いたよ」

「生涯って、もしかして?」

清子はしばし無言だったが、ほっそりと笑みを浮かべた。

「十年前に神戸で死んだ。私と新崎の冒険は終わったよ」

「同志だった?」

「それ以上だよ。家族よりも恋人よりも強い絆《きずな》さ。新崎とは今でも心が通じているよ。新崎に会いにいくかい？」

そう言って清子は腰をあげた。そして久部良の港の見える丘の異様な建物に辿《たど》り着いた。

「これはオバァのお墓じゃなかったの？」

「誰が言ったんだい。建てたのは私だけど、中にいるのは新崎だよ」

身よりのなかった新崎の遺骨を引き取った清子は、久部良港の見える丘に新崎の墓を建てた。いつまでもあの狂乱の青春の舞台を見下ろしていられるように。

「私の時代は終わった。次は夏穂の番だねえ。どんな航海をしたい？」

「私はやっぱり船に乗りたい。世界中を船で回ってみたい。オバァのように大金を稼げるかどうかわからないけど、ずっと海を走っていたいなあ……」

「やってごらん。夏穂ならきっとできるはずだから」

「そうやって大人は簡単に言うのよ」

膨れる夏穂の背中をどんと清子は叩《たた》いた。

「だって私の孫じゃないか！」

「そうだった。オバァの孫だもんね。女がマンモスタンカーの船長だなんておかしいかな？」

「全然、元女海賊の私からしたら、とっても普通だよ」

「じゃあ商船系の学校に行こうかな」

「行けばいい。そして石油をがっぽり載せて海原を駆ければいい」

「でもソマリア海賊に襲われたらどうしよう……」

「そんなときは、こう言ってやりな。わたしは海賊の孫だって！」

その言葉に夏穂は腹を抱えて笑った。

「夏穂、海をご覧よ。やっぱり今日はいい日だよ」

「すごい。大陸みたい」

さっきまで靄《もや》に覆われていた水平線の彼方《かなた》に、巨大な台湾の島影が出現していた。見渡す限り一面の山脈にふたりは固唾《かたず》を呑《の》んだ。あれがかつて清子が目指した果報の島、あの島がなければケーキ時代の熱狂はなかった。人と物と金が動き、この島を中心に経済も政治も躍動した。

清子がまた尋ねる。

「船長、針路はどっちだい？」

「もちろん西に決まってるわ！」

与那国島は時代の波頭を行く船だ。どんな嵐にも決して沈むことはない。

石垣《イシャナギウ》島

夏の夜空に輝くプレアデス星団は、八重山諸島でムリブシィ（群星）と呼ばれ、農耕を司《つかさど》る星として古くから島人に親しまれてきた。

プレアデス星団のなかで一際明るく輝くアルキオネに当たるのが石垣島だ。八重山諸島の交通の要衝であり、文化と経済の中心地だ。すべての島々に物資を絶え間なく送り、世話をし続ける様は大家族を切り盛りする母親のようだ。石垣島を中心に広がる世界最大の珊瑚礁《さんごしょう》のゆりかごの上にほとんどの島が存在する。波も風も穏やかに、いつでも親元に帰って来られるように、石垣島はいつでも懐を開いて迎え入れてくれる。

中心部から離れた川平《かびら》湾の先端に、群星御嶽《ムリブシイウタキ》と呼ばれる聖地がある。群星御嶽はいつも人気《ひとけ》がなく、森の呼気と渾然一体《こんぜんいったい》となっていた。

群星御嶽の建立にはこんな逸話がある。

むかし、川平村の宗家である南風野《はえの》家に心の美しい娘がいて、ある夜目を覚まして外を歩いていると、群星から不思議な光が天と地を昇り降りしているのが見えた。次の日も、また次の日も、群星から同じような光が見え、古老に相談してみたところ、それは神の降臨ではないかと告げられ、光が降りた場所に行ってみたところ、白米の粉で丸い目印があった。その場を御嶽として祀《まつ》ったのが群星御嶽だという。

現職の群星御嶽のツカサである南風野早苗《さなえ》は、幼い孫娘にいつもこの逸話を聞かせた。

「オバァ、その光はいつ見えるの？」

「いつかまた現れる日が来るさぁ」

と孫を膝《ひざ》に抱えた早苗が上半身を揺らしながら答えた。

「オバァはツカサだから見たことがあるんでしょう？」

「残念。まだ一度もないさぁ……」

「じゃあなんでツカサをやってるの？」

「島の決まり事だから。でもきっと佳菜子《かなこ》だったら光が見えると思うよ」

「オバァにも見えないんだから、私は絶対無理だと思う……」

「大人になったら、きっと見えるから。ほら、あれが群星だよ」

と早苗が夜空に燦然《さんぜん》と輝くプレアデス星団を指さす。御嶽の森の梢《こずえ》から見える星空のなかで一際眩《まぶ》しい群星は、佳菜子の目にダイヤモンドを鏤《ちりば》めた指輪のように映った。

そんな祖母と孫の他愛のない会話から十五年の歳月が流れた。

ある日、群星御嶽に拝み箱のビンシを携えた娘が現れた。

「神様――。南風野の長女の佳菜子です」

佳菜子は二十一歳の娘に育っていた。御嶽での立ち居振る舞いは幼い頃から祖母の姿を見てきたから、実に堂に入っている。しかし佳菜子は挨拶《あいさつ》を述べた後、いつも黙って手を合わせていた。傍目《はため》には信心深い女に見えるだろうが、実は黙って手を合わせ続けるのは苦痛だった。放っておくと人は雑念に塗《まみ》れてしまう。佳菜子も手を合わせている最中、お昼ご飯のことや、メールの返信の文面が頭にちらついた。子どもの頃はそのうちわかるから、と言われ形だけをなぞってきたが佳菜子には、今でもわからない。もちろん生まれ育った地域の御嶽で無礼を働く気もないが、こうも機械的な挨拶ばかりだと、今後が思いやられる。

というのも、この群星御嶽を佳菜子が継ぐことになっているからだ。今のところ祖母が存命なのですぐに世襲するという話はない。佳菜子は生まれ落ちた日から群星御嶽を継ぐ運命にあった。現職のツカサである祖母は、佳菜子が言葉を覚える前から、ここに連れてきて神に顔見せさせていたのだろう。佳菜子の一番古い記憶には、群星御嶽の森の梢が刻み込まれている。

「神様、佳菜子です」

もう一度自分がどう感じるのか声にしてみる。御嶽の前では当然の台詞《せりふ》なのだが、今日ほど違和感を覚えることはなかった。

——私はツカサの才能がないのでは？

佳菜子は自分の人生を振り返ってみた。高校受験の祈願のとき御嶽に願いを立てたが、推薦入学がほぼ確定していたので、それほど真剣ではなかった気がする。高校卒業前に就職口の願いを立てたが、それほど血眼になって就職先を探してはいなかった。

個人的に立てた願いもいくつかあった。

「初恋の賢治先輩とは上手《うま》くいかなかったなあ……」

手作りチョコレートでアタックした彼も「ありがとう。ごめん」で玉砕した。振られて泣いた夜、特に神様のせいだとは思わなかった。

先週、祖母が両親と夜中にこんな話をしていた。佳菜子はあれで、ツカサの才能の片鱗《へんりん》を見せていると。それを立ち聞きした佳菜子は、誰の話なのか困惑した。たとえばピアノの才能がある子は、弾かせてみたらだいたいわかる。絵の上手い子も描かせてみたら素人目にもわかる。同じようにツカサの才能も、拝ませてみれば……と引っ張ってきたものの、才能はないと断言できた。試しにこうやって御嶽で手を合わせてみても、神はうんともすんとも答えてくれないではないか。

普通、ツカサ候補生なら神秘体験のひとつふたつあって自然と宗教の道を歩んでいくだろう。佳菜子は幽霊を見たことすらない。見た気分になって友達と騒いでみたけれど、あれは遊びだ。テストの山も一度も当たったことがない。福引きもポケットティッシュ以上のものをもらったこともない。じゃんけんで勝ったことがないのも挙げていい。佳菜子は運や勘から見放されているのに、ツカサになる宿命だけは決まっていた。

そのことを少々鬱陶《うっとう》しく感じていた時期もある。ツカサなんてお化けをよく見る同級生の聡美の方がずっと向いていると思ったし、福引きでハワイ旅行を当てた従妹《いとこ》の方がツキの引きを持っていると思う。しかし祖母は佳菜子がツカサの適任だと譲らなかった。もしかしたら祖母は佳菜子が感じていない可能性を見いだしているのかもしれないと思い、十八歳のときに尋ねたことがある。祖母の答えはこうだった。

「佳菜子は長女だからねえ」

単純に生まれだけで人生をがんじがらめにされるのは真っ平ご免、と佳菜子は自棄《やけ》を起こした。祖母が決めたことなら祖母に破棄してもらうのが一番だ、と考えた佳菜子は、高校卒業後、東京で気儘《きまま》な一人暮らしをしたいと申し出た。ツカサになる者にあるまじき考えと、叱られるのを期待したが、あっさりと「行っておいで」と出されてしまった。

「東京で恋愛して農家の長男と結婚してしまおう」

野心満々で出た東京で佳菜子は自由気儘な暮らしを得た。恋愛もしたし、農家の長男も見つけた。そのことを祖母に電話で伝えても「よかったねえ」と鷹揚《おうよう》としていた。そうこうしているうちに不況で派遣切りに遭い、農家の長男は出会い系サイトで知り合った女に取られ、生活費に困った佳菜子は島に戻らざるをえなくなってしまったのだけど。もし、神秘的な体験がひとつあるとしたら、佳菜子の企《たくら》みが潰《つい》えたことだろうか。

島に戻ってきた佳菜子がツカサを襲名する話は今のところない。

「ねえ神様、ひとつ教えてください。なんで私がツカサに向いているの――?」

そう言って社の奥にあるイビ石に耳を澄ます。ツカサなら神の「なんとなーく」という声を聞いてもよさそうなのに、何も聞こえなかった。そもそも佳菜子は自分の意思の上位に何かが存在していると感じたことなど一度もない。否定してもいいのだが、不幸や失敗を誰かのせいにできるシステムはときとしてありがたいこともある。真に神を不要な人は多幸感に満たされた人生の人だけだと佳菜子は思っていた。

「ねえ神様、私がツカサになっても、きっと不始末ばかりすると思うんです。だって何も聞こえないし、何も見えないんだもの。神様はきっとお怒りになって私に重い罰を与えると思うの。でも私は鈍感だから風邪ひいたのかな、くらいにしか感じないと思うのよね。こんな私になぜツカサの運命を背負わせるのか、わからないわ」

と捲《まく》し立てて今まで抱えていた疑問を全部吐き出そうとした。

「いやツカサをやりたくないってわけじゃないんです。これまでいろんな仕事をしてきたけど、生き甲斐《がい》を感じるほどのことはなくて、もしツカサが適任だったら飛びつきたいくらいなんです。でも、今までやってきた仕事のなかで、これほど向いてない仕事はないんじゃないかって思えてきました。神様、聞いてる?」

木漏れ日の揺れを返事と思って、また佳菜子は手を合わせる。

「私が思うに、ツカサってもっと偉い人がなるものだと思うんです。オバァのように祝詞《のりと》もちゃんと覚えて、神様が黙ってても先回りして敬意を払えるような人。私、お茶くみもできないって叱られてばかりだったし、彼氏からも空気読めないって言われてばかり。あ、でもDVの気配は気づいたかなあ。あれって来るぞって匂いが漂うのよね。そのときはネットカフェに逃げたんだけど、別に被害に遭ってないから、DVだったかどうかも今となっては怪しいもんだし。ねえ、神様、ちゃんと聞いてる？」

雲に翳《かげ》って木漏れ日も濁り出した。ツキの悪さも今日は最悪だ。会話の目印にさえ困る有様だ。このままだと御嶽《ウタキ》で独り言を呟《つぶや》く危ない女になってしまう。

今日、群星御嶽に佳菜子が参ったのは、他でもない。新しい仕事の報告に来たのだ。それは市内のショッピングモールにある。

「神様は私がいかに無能なツカサ候補生なのか、とっくに見抜いていらっしゃると思うけど、私もこのままだと神様に合わせる顔がないし、そもそも神様がいると感じられないままツカサをするのも申し訳ないと思っています。だからオバァの夢枕に現れて、私をクビにすると告げてください。私は街に出て働きます。あの、後で怒って罰とか与えないでくださいね。体力勝負の仕事なんで……」

佳菜子はそう言って、群星御嶽の出口で一度申し訳なさそうに振り返った。

佳菜子の赤い軽自動車のエンジン音が消えた後にやって来たのは現職の佳菜子の祖母の早苗だ。白装束の正装でやってきた早苗は、群星御嶽の神の前に恭しく挨拶を述べた。

「群星御嶽の神様、私も、むかしは佳菜子のように戸惑っておりました。やがてあの子も気づくでしょう。群星御嶽のツカサは特別な役割を担うと――」

パッと明るい日差しが戻り、木漏れ日が楽しそうに踊り出した。

石垣島は港を中心に栄える街だ。十分おきに船が出港する離島ターミナルは、観光客と地元客で市場のようにごった返している。竹富島行、波照間島行、西表島行がほぼ同時に波を切って出港すれば、間髪いれずに小浜島、黒島からの復路便が戻って来る。下りた客は、食料や生活物資を石垣島で買い求めるのが常だ。

「竹富からお越しの小底晴美様。お荷物の準備が出来ております」

とカートを押した佳菜子が桟橋に立つ。泡盛一ダースと菓子器セットの荷物だ。佳菜子は地元のスーパーで離島便の配達係の仕事に就いていた。

小底晴美は、出発便までの間美容院で髪をカットしてもらっていた。こざっぱりとした晴美が佳菜子の声に手を振る。

「こっち、こっち。配達ご苦労様でした」

「すごい荷物ですね。種子取祭の準備ですか？」

と段ボール箱を両手で抱えた佳菜子が荷物を船に積み込む。

「そうなの。私は初めての参加だから緊張しちゃって」

「小底様は踊りで参加されるのですか？」

「ううん。牛の御嶽のツカサとしてよ」

という言葉に佳菜子は立ち止まった。自分と同じ歳くらいの女がもうツカサとして、祭に参加するというではないか。

「小底様は神からの啓示があったのですか？」

「もう観念したわ。毎晩夢枕に神様が立って、ツカサになれなれってうるさいったらありゃしない」

「やっぱりあるんだ……」

晴美は神託を受けてツカサの道を受け入れ、実にさっぱりとした口ぶりだった。

「いつかこういう日が来るんじゃないかって予感はあったのよ。私はサーダカー生まれの相だってユタのオバァから聞かされていたから」

「やっぱりツカサになると大変ですか？」

「別に、そういうこともないわよ。お祭のときは島の男たちが手伝ってくれるし、先輩のツカサたちがいろいろ教えてくれるから、勉強しながらって感じかしら？」

「神様ってどんな声をしているんですか？」

「私の場合は声じゃなかったわね。字を見せられたわ。旧漢字で難しいからいつもメモ帳を手放せないのよ」

そう言って晴美がバッグから喉《のど》が緩んだメモ帳を取り出す。走り書きのメモは読めない漢字でびっしりだった。佳菜子がこれは何と読むのかと『廳』という字を指す。

「庁だって。辞書で引かなきゃわからなかったわ。いつも御嶽ではこんな感じで困るのよね」

「神様って字を見せるんだ」

「声がすることもあるけど、字の方が多いわ。私の神様は変わっているって言われるわ」

メモの走り書きのなかに『太郎叔父《タラグジ》』とあり、その後思考が乱れたような落書きが一面を覆っていた。

「神様っていっぺんにたくさんの字を見せるから、何から書き取ったらいいのかわからなくなるのよね……」

佳菜子は羨《うらや》ましそうに眺め、走り書きの字を指で伝った。

「これ、優奈って読めませんか？」

「あ、優奈！　そうよ。中学生の優奈よ。私てっきりお供え物の品かと思ってたわ」

晴美は支えていたものが落ちたような顔になった。佳菜子の手を握った晴美はこれで種子取祭は大丈夫、と何度も礼を述べて竹富行の船に乗った。石垣港から木々の枝振りが見えるほど竹富島は近い。そこで催される種子取祭は、八重山芸能の一大祭典だ。

「私も観に行きたいなあ……」

と佳菜子は遠ざかる船を見つめて呟いた。神託を受けてツカサとなった晴美がちょっと羨ましかった。

仕事帰り、佳菜子は仕事仲間から夕食に誘われた。景勝地として名高い名蔵湾《なぐら》を見渡すレストランで、夕日を見ながら食事を楽しもうという。ふたつ返事で飛びついた佳菜子は案内されたテラス席で、八重山諸島の島々を見渡した。

「きれいね。小浜島も西表島もすぐそこに見えるわ」

内海に浮かぶ島々は個性豊かだ。竹富島は盆のように平たく、小浜島は背が高く、西表島は小さな島々を抱え込むように水平線を塞《ふさ》いでいる。名蔵湾からの眺望は水辺の庭園のように八重山諸島の半分を上手《うま》く切り取っていた。島々のなかで佳菜子が訪れたことがあるのは半分もない。しかし佳菜子はこうやって遠くから島を見ていると癒《いや》される思いがした。

「鳩間島からトゥバラーマの唄が聞こえる……」

はっきりとは聞き取れなかったが、夕日に照り返る赤い島影が幸福な一日の終わりをお囃子《はやし》を入れながら歌っているように見えた。


翌日、川平にある群星御嶽では、十五日の願いを早苗が立てにやってきた。

「御嶽の神様――」

と区切った早苗が苦笑する。他の御嶽のツカサとつい同じように言葉をかけてしまう癖は今でも抜けていない。他のツカサからの信頼も厚い早苗だが、未《いま》だにここでは神の声を聞いたことがなかった。この御嶽は特別な役割を持つ故に、神は言葉を持たない。

「佳菜子が街に出ました。これも神の思《おぼ》し召しでしょう。人に触れ、島に触れ、果報を分け与えるツカサになりますよう、願い奉ります」

普通、ツカサになる者は、生まれつきサーダカー生まれと呼ばれる相を持つ。この相を持った者は、多かれ少なかれ神との関わりの深い人生を歩む。ユタになる者も同じだ。一度、神の声を聞けば命じられるままに動かなければならない。もし逆らえば原因不明の病や身内に不可解な不幸が起こる。神と関わる者は、自らの意思を捨て全体に奉仕することを強いられる。一般的にはそうだった。

早苗は木漏れ日に揺れる境内でそっと微笑んだ。

「ツカサのなかでも私たちは違うんだよ。縁を繋《つな》いで繋いで渡していくのが仕事さ」

佳菜子はまだそのことを知らない。

離島ターミナルの二大人気は西表島と竹富島航路だ。西表島へは大自然を、そして竹富島へは伝統と王朝時代の景観を求めて観光客が集う。繁忙期、港は臨時便で捌《さば》いても次から次へと乗客が訪れる。最新鋭の高速船が次から次へと竹富島へ向けて出港していく中、桟橋にひとりのオバァが人を待っていた。

「遅くなってすみません。嘉手苅《かでかる》様でいらっしゃいますか？」

と佳菜子が盆に果物を盛って駆けつけた。

「ご注文されたお線香とウチカビ（紙銭）、そしてお供え物の果物をお届けにあがりました」

「波照間行きの船に積んでおくれ」

とオバァは指示する。オバァの手荷物の少なさから日帰り客だろうと佳菜子は推測した。

「拝みのお仕事ですか？」

と尋ねた佳菜子にオバァは静かに首を横に振った。

「残念だけど私はユタじゃないさあ。波照間に行くのは思い出に会うためだよ。たぶんこれが最後の波照間旅行になるだろうねえ」

受取証にサインしたオバァの手に琥珀色《こはくいろ》に輝く指輪があった。質素な恰好《かっこう》のオバァにしては指輪だけがやけに豪華なのを不思議そうに佳菜子が眺めていると、オバァが言った。

「これはパイパティローマで貰《もら》った石だよ」

「パイパティローマって伝説の島のことですか？」

「伝説なんかじゃないさ。だって私は本当にパイパティローマに行ったことがあるんだからね」

波照間島のさらに南の海の果てにある伝説の楽園に行ったことがあるというオバァに、佳菜子は切ない匂いを感じた。きっとオバァは思い出にけじめをつけに行くのだろう。そしてもう二度と海を渡ることはない。そう感じた佳菜子はビンシに線香を収めるときに、十二本に三本という格式の高い束ね方に揃えてやった。

「あんた若いのに洒落《しゃれ》たことするねえ」

「祖母がツカサなんです。嘉手苅様の素敵な旅になりますように、お祈りいたしております」

静かに波照間島へと旅立っていく船を佳菜子は見守るように送った。

スーパーの配送の仕事は、離島社会のコンシェルジュと呼ばれる。石垣島を訪れる離島の島人は衣食を親島に頼り切っている。不足になってから気づいては遅すぎる。客が忘れていそうなものに気づいてやるのが佳菜子の仕事だ。求人で『島のコンシェルジュ募集』のお洒落な惹句《じゃっく》に飛びついた先は、実態はただの御用聞きだった。しかし佳菜子は初日で性に合っていると思った。離島と離島を繋ぐ感覚が面白かった。

石垣島の郊外にある大型店舗まで足を運べない客のために電話注文で対応する。佳菜子はカートを押しながら注文の品をピックアップしていく。

「波照間島の川満《かわみつ》貴久様の電話注文は、と。お孫さんの草履《ぞうり》。草履って今時の子どもが履くかしら？」

この前の記録では便所サンダルを購入している。テーブルクロスも幼児向きの品だった。きっと孫は小学校低学年に違いないと思った佳菜子は、アニメのキャラクター入りのビーチサンダルを籠《かご》に入れた。このセレクトが後日島で待つ日菜乃を怒らせることになるとは知らずに。

「わお。五千円以内で食料品も衣料品も全部揃えた。私でも頑張れば出来るじゃん」

この籠を段ボール箱に入れて港まで持って行けば仕事終了だ。

浮かれている佳菜子を客が呼び止めた。

「店員さん、ここのスーパーは学習参考書や問題集を扱っていませんか？」

佳菜子が振り返ると、そこにはパンツスーツを着こなした若い女が立っていた。知的な顔つきに佳菜子の声が緊張する。

「本屋が駐車場の向かいにございます」

「そこはさっき見ました。なんかイマイチなのよね。もっとレベルの高い問題集がほしいんだけど」

島でそんなことを言う客は珍しい。教育熱心な親ならとっくに子どもを本土の私立に入れているから、島内にレベルの高い教材をおいても売れないのだ。しかしコンシェルジュとしては、客の希望に可能な限り応《こた》えなければならない。

「注文していただければ那覇から取り寄せることも可能です」

「じゃあ、そうしてもらおうかな。今度、黒島の学校に赴任することになったの。この宿舎に届けてもらえないかしら？　四谷大塚の問題集をあるだけ取り寄せてください」

「あの、そんな難しい問題集が黒島の子に必要なんですか？　あそこには牛しかいないのに」

佳菜子が恐る恐る尋ねるや否や、女は眼鏡の奥から殺気めいた眼力を放った。

「牛はエリートになるんだから、子どもたちもエリートにするんですっ！」

女は佳菜子に名刺を渡して去って行った。颯爽《さっそう》と歩いていく女の後ろ姿に佳菜子はしばし見惚《みと》れた。

「鷹宮聖子さん、か。やっぱりナイチャー（本土の人）だったんだ。キャリアウーマンって感じだもの。あ、こけた。お客様大丈夫ですかー」

フェラガモのハイヒールを躓《つまず》かせ、聖子はトイレットペーパーの山に倒れ込んでしまった。取っつきにくい見た目とは裏腹に意外とドジなのかもしれないと佳菜子は思った。

深夜の群星御嶽《ウタキ》では祖母の早苗の祈りが静かに響く。

「島を織り上げるように繋ぎなさい。一本の糸が反物になるように、途切れぬように繋ぎなさい。それが群星御嶽だけの役目。夜空の群星のように島と島を繋いでいきなさい」

星空を崇《あが》めながら歌い上げたのは『群星ユンタ』だ。

そに星ぬ　後からや
あがりょうる　星や

かぶし星ぬ　あがりょうり
かぶしぃぬ星ぬ　後からや
あがりょうる　星やゆされ星
ゆさん星ぬ　あがりょうり

ゆちやし星　見やおり
んに星ば　目当し
稲作り　作りょうり
稲ぬ種子　うらしょうり

（プレアデス星団の後ろから
あがってくる星座は
牡牛座《おうしざ》のアルデバラン
アルデバランの後から
あがってきた星座は
オリオン座である
オリオン座をよく見て
プレアデス星団を見つけて
稲作をしなさい
稲の種籾《たねもみ》を蒔《ま》きなさい）

早苗の歌声に合わせて夜空が回り始める。昴《すばる》が一際明るく輝く。

「古《いにしえ》より、島人は群星をあがめてきた。豊作を願うのと同時に、島を渡った家族の安全を祈願した。群星を眺め小浜島の恋人を偲《しの》んだ。群星を眺め黒島に残した親を偲んだ。群星を眺め西表島に置いた子どもたちを偲んだ。その思いを群星御嶽が引き受ける。与那国島の思い、新城島の思い、波照間島の思い、すべてを聞き届け、喜びも悲しみも憂いも迷いも繋《つな》ぐツカサにおなり」

夜空に輝くプレアデス星団が島の中天に差しかかったときだ。一粒の流れ星が石垣島に向かって落ちてきた。闇夜のなかに群星御嶽の社のシルエットが浮かび上がる。早苗は両手を掲げて落ちてきた霊火を受け止めていた。

「タキドゥン（竹富島）の神様、ようこそいらっしゃいました――」

早苗は霊火を米粉で丸く記した場所に丁重に納めた。

竹富島の神は、群星御嶽の神と種子取祭のことについて語らった。今年の種子取祭はかつてないほどの盛り上がりだった、と。殊に「元タラクジ」を踊った優奈の舞は神の国でも滅多に見られないほどの出来で、向こうの世界でも語り草になっているほどだ、と。

竹富島の神は言う。

『今年の伏山敵討はすごかった。中学生の航平と教師の入嵩西の私怨《しえん》の果ての一騎打ちだよ。芝居なのか現実なのか観ている方もわからないくらいの迫力だった。航平はおとなしい少年だけど、舞台に立たせると華がある。来年は航平と村長の一騎打ちが観たいものだ。そのためには今のうちに仕込んでおかないと』

そして、島と島を繋いでくれた群星御嶽のツカサに感謝すると述べた。

早苗は霊火に恭しく頭を下げてこう述べた。

「私ではございません。孫娘の佳菜子がうまく繋いでくれたのでございます」

またプレアデス星団からひとつの流れ星が落ちてきた。それを上手に受け止めた早苗が霊火の前に畏《かしこ》まる。

「パティローマ（波照間島）の神様、ようこそいらっしゃいました――」

波照間島の神は、最近島の娘が無謀にもパイパティローマを目指して船を出したという話をした。心の荒れた娘を改心させようと島に戻したら、そこがパイパティローマだとすっかり信じてしまったそうだ。

『面白い話じゃな』

と群星御嶽の神が口を利いたのに早苗が驚く。群星御嶽の神は滅多なことで口を利かない。ツカサになってから初めてのことだったが、先代の群星御嶽のツカサは、このことを早苗に教えていた。群星御嶽の神は大家族の長のようにどっしりと構えていて、人の生き死ににさえ動じることのない超然とした神だそうだ。ただ家族の島のことにだけは関心があるという。群星御嶽の神は竹富島の神を妹のように可愛がり、波照間島の神を遠くに嫁いだ娘のように気に懸けているという。

波照間島の神は言う。

『パイパティローマは人間が行ってはならぬ土地さ。でも人は禁じられると行ってみたくなるものみたいだね。かつてひとり偶然にパイパティローマに行った女がいて、毎年毎年島を訪れては海を見つめているね。その姿が可哀相なんだよ』

波照間島の神は久しぶりに親元に帰ってきたことを嬉《うれ》しく思うと早苗に告げた。

「これも繋いでくれた孫娘の佳菜子のお蔭《かげ》でございます」

境内に灯《とも》ったふたつの霊火は、風もないのに楽しそうに揺れていた。

しばらくして、三つ目の流れ星が群星御嶽に落ちてきた。

「フスマ（黒島）の神様、ようこそいらっしゃいました――」

人が少なくて寂しいからだろうか、黒島の神は久しぶりの親島に帰って饒舌《じょうぜつ》だった。

群星御嶽の神とは女学校の親友のような口ぶりだ。黒島の神は言う。最近、マレビトを呼び寄せることに成功した。それは人間離れした知性と情熱の持ち主で、教師として赴任させることにした。彼女を見つけるのにどんなに苦労したか、とマシンガンのように語り始めた。

『どうやって見つけたのじゃ？』と群星御嶽の神が問う。すると黒島の神は、三年前に黒島に遊びにきた女子大生に鷹宮まじないをかけたのだと言って霊火を揺らした。黒島の神のまじないがなければ聖子は彼女の第一志望通り外務省に入って、今頃条約局でバリバリ働いていたはずだった。

黒島の神は早苗に声をかける。

『そうそう。マレビトがスーパーの出口で入嵩西っていう女たらしに引っかかるところを、あんたの孫娘に助けてもらったのよ。危うく孕《はら》まされて黒島に赴任するどころか、シングルマザーの道を歩まされるところだったねぇ』

早苗はその光景を思い浮かべるとなんとも可笑《おか》しくて声をたてて笑ってしまった。

「これも佳菜子が正しく道を歩んでいるからでしょう。黒島のますますの繁栄をお祈りいたしております」

三つの島の神は一晩楽しそうに親元で語らうと明け方にはすうっと天に昇っていった。

島のコンシェルジュは離島の行事に明るくなければならない。たとえば学校行事は大量受注が起こる。前もって在庫をチェックしておかないと品切れで対応できなくなる。来月あるのは小浜小中学校の写生大会だ。

朝から佳菜子は倉庫で在庫チェックをしている。

「新入生が五人いたから画板は五枚いるわね。クレヨンは十箱ある。水彩絵の具も十三箱。ちょっと少ないから多めに仕入れておいた方がいいかも」

離島社会は物資を親島の石垣島に依存して成り立っている。航路が途切れると食料品は十日もしないうちに底を突いてしまう。航路はまさに八重山の生命線である。

「再来月の運動会はブラックタイガーエビが人気なのよね。あら？　小浜島の仲程さんからブラックタイガーエビの注文書が届いている。学校行事かしら？」

と先輩格の和恵に聞くと、こう答えた。

「来週、仲程さんのところで洗骨葬をやるらしいよ」

「今時珍しいんじゃない？」

「離島では今でもたまにあるよ」

島のコンシェルジュに携わって二十年の和恵は売り時を見逃さない。

「マイナスイオン空気清浄機を注文しておこうか」

「なんで洗骨葬にマイナスイオンがいるんですか」

「馬鹿だねえ。法事となったらちりぢりになっている子どもたちも島に戻ってくるじゃないか。そのとき親に何か買おうって思うだろう。こういう付加価値のある家電って人気があるんだよ。私は親孝行グッズって言ってるけど」

なるほど、と佳菜子は頷《うなず》いた。だったら喪服に合いそうなパンプスとか、小物も一緒に並べておけば売れるかもしれない。また帰るとき同僚や友達にお土産も買うだろう。ありきたりのお菓子の詰め合わせよりも、地元色の強い商品を提案したらどうかと持ちかけてみた。

すると和恵はにんまりと笑って佳菜子の肩を叩《たた》いた。

「わかってるじゃない。うちの売上の二割は離島需要だから、大口のお客を逃がさないのが商売の鉄則だよ」

翌週、照子の次女の麻理が舎妹を引き連れてスーパーを訪れた。都会の最新ファッションに身を包んだ麻理は遠目にも目立った。

「店員さん、このマイナスイオン空気清浄機を小浜島の実家に届けてくれない？」

「仲程照子様宛でよろしいでしょうか？」

佳菜子の言葉に麻理は一瞬驚いたように目を丸くした。麻理は話が早いのが大好きだ。

「喪服に合う小物とかも探してるんだよね。あと、会社に買っていくお土産とかもみつくろってくれない？」

「それでしたら塩がお勧めです。まだ知名度はありませんが、オバァたちによく売れていて、何に使っているか聞いてみたらお風呂《ふろ》に入れると石けんで体を洗わなくても艶《つや》やかになるそうです」

「そういうレアなもの探してたのよ。地元だからお土産も空港で買ってきたみたいなものだと恥ずかしくてさ」

麻理と舎妹一行は、年に一度の買い出しのようにカート三台に商品を詰め込んだ。

これを小浜行きの便に間に合うよう港に届ける。佳菜子は今までしてきた仕事のなかで、これが一番性に合っている気がした。

「仲程さん家の洗骨葬が滞りなく終えられますように……」

小浜島行きの荷造りの後、佳菜子は心から祈った。群星御嶽《ウタキ》の神に祈るときはしどろもどろで自棄《やけ》気味だったのに、島のコンシェルジュだと素直な気持ちがついてくるのは何故だろうか。

——オバァ、やっぱり私はツカサに向いていないよ。

後ろめたさを隠しつつ、この小さな幸せを邪魔されたくなかった。

次の日、佳菜子はキャンプ用品売場の前で客に呼び止められた。見れば、大学生の青年四人の一行だ。リゾートに遊びに来る本土の観光客にしては、野暮ったい山の恰好《かっこう》だった。

固形燃料について尋ねてきたのは岩村伸也だ。

「店員さん、この燃料ってアメリカ製？」

「グリーンベレーでも使っている燃料で、ときどき入荷するんです。火の保《も》ちがいいんだとか」

「じゃあ、これを十個ください」

「どちらにお届けすればいいですか？」

「明後日《あさって》の大原港行きの一便です。あとヤッケと電池、缶詰もほしいな」

横で猫背の男が「ゲームもほしい」と呟《つぶや》いた口を岩村が塞《ふさ》いだ。

「西表島でキャンプですか？」

その言葉に岩村は心外そうな顔を浮かべた。

「探検って言ってほしいな。俺たち明成大学探検部です。西表島の幻の湖を見に行くんです」

意気軒昂《いきけんこう》とした岩村の言葉に、佳菜子は少しひっかかるものを感じた。何がそう思わせているのかわからないが、彼らが目の前に立っている存在感が希薄だ。人がいると意識しなければ背後の商品棚と同じ景観に映る。もしかしたら幽霊はそのように見えるのかもしれない。

「あの、探検は石垣島ではできないんですか？」

「石垣島は都会すぎてつまらないんですよ。便利だけど家族旅行向けの島って感じで」

沖縄旅行に慣れた者は必ずそう言う。石垣島は離島への艀《はしけ》だった。石垣島を味わうには二十年住んでみないとわからない。便利なのはここが八重山の中央だからで、離島は石垣島の分影だと気づく。たとえば竹富島の特徴である芸能は、石垣島により洗練された形で存在する。小浜島のリゾートも石垣島ではより大規模なリゾートとして存在する。西表島の自然もまた、石垣島に原型がある。逆に石垣島は離島をすべて合わせた特徴を持っている。

佳菜子は自分でも確信がもてないことを口走っていることは承知の上だ。

「変なこと言ってごめんなさい。お客様のことが心配になってつい……。せめて大原港じゃなく、船浦港《ふなうら》から入るとか出来ませんか？」

「心配してくれてありがとう。でも俺たち西表島にはもう何度も行ってるので大丈夫ですよ」

これ以上は客と店員の会話の範疇《はんちゅう》を超えると感じた佳菜子は、胸を過《よぎ》る不安を押し殺すことにした。

――どうかお気をつけて。

霊感なんてこれまでまったくないのだから、こういう予感は当たったことがないのが自分の取り柄だと佳菜子は思うことにした。

事務所のボードには島の行事表が貼られている。竹富島、小浜島、西表島、黒島と並ぶボードは毎日細かなメモが貼られていく。そのなかでひとつ、ずっと空欄のエリアがあった。それが新城島だ。

現在集落のない新城島は、チャーター便しか航路がない。客は主に日帰りのシュノーケリング客で、島に滞在することはない。だから新城島はいつも空欄だ。ただし一年に一度、受注が殺到する日がある。

「果物、肉、野菜、カマボコ、泡盛、水……。すごい何これ？」

びっしり埋められたメモに佳菜子は唖然《あぜん》とした。新城島は集落が放棄されてから五十年以上経過している。ほぼ無人島に等しい状態の島なのに、この受注は数十人規模のものだ。一体どこにこれだけの人がいるというのだろう。

するとと和恵が教えてくれた。

「結願祭《キツガン》をするんだよ。あそこは一年に一度、新城島出身の人が集まってお祭をするのさ」

「島を離れた人が戻るんだ」

新城島は歴史上、何度も存亡の危機に見舞われた。飢饉《ききん》や疫病、そして戦争による疎開で急激に人口を落とした。そして皮肉にも親島と安定した航路が確立したのを機に、一気に無人化してしまった。しかし島人は故郷を懐かしく思い、年に一度新城島の神に会いに戻る。それが結願祭だ。

「戻る人もみんなお年寄りばかりだよ。あそこで生まれた子どもはここ五十年、いないからねえ」

新城島の上地島にあるアーリィ御嶽が島のシンボルだ。かつてジュゴン漁で栄えた島に、響く歌声はない。

「あそこの御嶽のツカサが買い物に来るから、佳菜子が手伝ってやってくれない。私は発注で忙しくてさ」

と和恵は朝から事務所に詰めたきりだ。なにをしているのか伝票を覗《のぞ》いてみたら

『正露丸千箱』とメモがあった。こんなものを誰に売ろうというのだろう。

午後に店に現れたのは新城島のアーリィ御嶽のツカサと名乗るオバァだった。ツカサといっても仕事は年に一度だけしかない。どこにでもいる普通のオバァに佳菜子は親しみを覚えた。それはオバァの人柄もあるのだろう。開口一番こう言った。

「私みたいなのがツカサだなんて可笑《おか》しいだろう？」

「新城島にいらしたのはいつまでですか？」

「そうねえ。もう五十年前になるかしらねえ。みんなが出て行くのを見送るのが仕事だと思って残っていたんだけど、最後は私が神様に見送られて出て行ったねえ。そのときから神様に申し訳なくて、いつもいつも謝ってばかりさぁ」

オバァが石垣島に移住して五十年、今では子も孫もたくさんいる。

「本当は私だけは残るべきだったと今でも後悔しているさぁ。一年に一度だけ神様に贖《あがな》うのが私の仕事になってしまったさぁ」

そんなオバァが最近不思議な夢を見ると言う。夢のなかに年頃の娘が現れ、何かを訴えているのだが、よくわからないのだという。

「あれはアーリィ御嶽の神様じゃないかと思うんだけど、私は一年に一度しか御嶽に行かないツカサだろう。すっかり耄碌《もうろく》してしまって、神様の声をきちんと聞き取れなくなってしまったさぁ。それが何かわかったら、少しは神様の心を慰められるのに残念さぁ……」

そう言ってオバァはしょんぼり俯《うつむ》いてしまった。オバァのそんな顔を見ていると佳菜子は何とかしてやりたくなる。

「その娘さんってどんな感じの方でしたか？」

「そうねえ、髪型だけがいつも違うねえ。カラジだったり、カムロウだったり、天女のようだったり。でも声が同じだからきっとお洒落《しゃれ》が好きなんだろうねぇ」

佳菜子はちょっと考えて、婦人雑貨売場で足を止めた。

「今こういうヘアカラーが人気なんですよ。カチューシャとか、ウィグとか、髪留めもいろんな種類があります。でも神様にお供えするには相応《ふさわ》しくないかもしれませんね……」

佳菜子が通路を通り過ぎようとしたときだ。オバァは唄《うた》が聞こえると言ってその場に立ち尽くしてしまった。

「たぶん、これさぁ！」

オバァは衝動に突かれたように、ヘア関連の商品を買い漁《あさ》った。

新城島に向かうチャーター船は、桟橋の端にある。集合した旧住民は八名。どの人も高齢で、お互いの安否を確認し合うように、抱擁したり肩を叩《たた》いたりしてなかなか船に乗りこまなかった。

「一昨年《おととし》までは五十人いたさぁ。でも八人死んださぁ。結願祭もあと十回くらいしかできないねぇ」

オバァの声が佳菜子の胸に突き刺さる。やがて新城島の神は沈黙したように眠りにつくだろう。今その最後の灯火に立ち会っている。

「よい結願祭でありますように――」

佳菜子は船が港を出るまでずっと手を振っていた。

店舗に佳菜子が戻ると事務所が物々しい。いつも外回りの男性社員たちまで戻ってきて、ネクタイを締めている。下っ端たちだけではない。店長もそわそわと落ち着かない。何事かと佳菜子が尋ねると、和恵が小さな声で耳打ちしてくれた。

「これから会長がいらっしゃるのよ」

事務所に掲げられている写真は銀行員のような紳士だ。沖縄全島に大規模な店舗を持つスリーエーは県の優良企業だ。そして辣腕《らつわん》と言われる社長は、いずれ知事にとの声も聞こえる。その社長よりも偉い人がいたことの方が驚きだった。

「会長が到着いたしました」

との声に従業員が一堂に整列する。誰が来るのだろうと佳菜子は興味津々で待ち構えていたら、現れたのは眼光が鋭いオバァだった。

「東迎清子会長に礼！」

沖縄県一のスーパーマーケットを経営していたのは、かつて与那国島で女海賊と呼ばれた東迎清子である。表向きは隠居していることになっているが、経営の重大な決定に関しては清子の決裁が必要である。今日は石垣島店を視察に訪れたのだった。

――この人が会長？

清子は店内の売場を一通り見て回り、あれこれ指示を出す。店長はつきっきりでぺコペコ頭を下げていた。

「和恵はいるかね？」

と清子が言うとすぐに和恵が「はい」と現れた。

「正露丸は揃えたかい？　リンゴは？　ティッシュペーパーは？」

「全部金曜日までに入荷いたします」

その言葉に清子は満足そうに頷《うなず》いた。和恵がずっと発注にかかりっきりだったのはこのせいだと佳菜子は合点がいった。

「ねえ、和恵さん。なんで正露丸が千箱もいるの？」

とひそひそ声で和恵の袖《そで》を引っ張る。

「週末に台湾からのチャーター船が石垣港に入るのよ」

台湾で認可の下りていない成分の入っている日本の医薬品は台湾からの客に人気だった。リンゴは植物検疫で台湾に持ち込めないが、船内で食べるおやつとしてよく売れた。台湾からの客は観光目的ではなく、質の高い日本製の生活雑貨を求めて来島する。

清子は密貿易稼業から足を洗い、今度は正規ビジネスに手をつけた。今でも台湾は清子と繋《つな》がりのある果報の島だ。同族経営を嫌う清子は商売のセンスのある者を見つけては投資をするのが生き甲斐《がい》だ。今ではホテルやガソリンスタンド、コンビニエンスストアなどの多角経営で一大グループを築き上げている。

「私は商売をしていないと脳みそが腐ってしまう性分だからね。お嬢さん、見ない顔だけど新入りかい?」

と佳菜子が呼ばれた。

「はい。南風野佳菜子と申します。どうぞよろしくお願いいたします」

ぺこりとお辞儀した佳菜子に、清子は笑みを零《こぼ》す。

「島と島は繋げてこそ生きるんだよ。ここは要《かなめ》の島。親島と切れたら子島は生きていけなくなることを肝に銘じておきなさい」

「はい会長！」

清子は店内を歩いているときが一番楽しい時間だとばかりに、レジ係や客にも声をかけて回った。

そに星ぬ　後からや
あがりょうる　星や
かぶし星ぬ　あがりょうり
かぶしぃぬ星ぬ　後からや
あがりょうる　星やゆされ星
ゆさん星ぬ　あがりょうり
ゆちやし星　見やおり
んに星ば　目当し

稲作り　作りょうり
稲ぬ種子　うらしょうり

星がきれいな夜、群星御嶽《ウタキ》に七つの光が落ちてきた。親子久しぶりの再会に境内は宴席のような明るさだ。早苗はこれを見せたくて佳菜子を川平村に呼び戻した。夜中にそっと群星御嶽に連れ出した早苗は、佳菜子に森の陰から境内を覗《のぞ》かせた。

その光景に佳菜子が息を飲む。生まれて初めての霊的な体験は、うっとりするほど美しい光の祭典だった。

「オバァ、私にも見えるよ。八つの炎が踊っている」

「佳菜子が繋いだんだよ。あれが小浜島の神様、隣の青いのが西表島の神様、小さいのが新城島の神様。新城島の神様はあんたがみつくろったウィグがとっても気に入ったって喜んでいたさぁ。あそこの神様はむかしは人魚だったらしいねぇ。ほら、手前の大きな炎が与那国島の神様だよ。そして真ん中にいるのが石垣島の神様。子どもたちに会えて本当に嬉《うれ》しそう」

一年に一度、離島の神々が親島に戻って近況を伝える場所が群星御嶽だ。海を隔てて離れていても家族の絆《きずな》は変わらない。それは孤独な宇宙で互いに繋がる星座のようだ。

プレアデス星団は八重山諸島を象徴する星座だ。人も神も寂しいときは夜空に家族の面影を見る。夜空に群星があれば、東シナ海にも群島がある。その八つの島を――

統《す》ばる島と呼ぶ。

鳩間島《パトウマ》

〈文庫書き下ろし〉

百万色の階調で彩られたエメラルドグリーンの海原を、定期船が駆けていく。離島交通の要《かなめ》である石垣港のラッシュ時は、複数の船の競争だ。竹富島行、西表島行、黒島行、波照間島行、五分刻みで出た船が洋上で並ぶ様は、イルカの群れのようでもある。

海原に白い波となって残った航跡はまるで水でできた道だった。高速船が追い抜いた後にやってくる波が、雑踏で肩を小突くように遅い船を揺さぶる。さっきまで並んでいた船が竹富島と小浜島を横目に大きく舵《かじ》を切った途端、道のない真っさらな航路が現れた。船は鳩間島を目指していた。

船尾のベンチに腰掛けた女が、肩にかけていた三線《サンシン》をおもむろに取り出して唄《うた》い始めた。

鳩間村ブナビトゥ
くす村ぬみやらび
ブナビトゥぬすたてぃぬ
みやらびぬたちぃじゃくや

二十歳そこらの娘とは思えない堂々とした歌声に客が視線を向ける。けたたましく鳴る船のエンジン音を組み伏せるような張りのある歌声である。彼女は八重山でもちょっと名の知れた三線の名手だった。乗り合わせていたオジィやオバァが歌声に合わせてお囃子《はやし》を入れる。

「ハーイーヤ。ヒーヤササ」

「相変わらず佳絵《かえ》ちゃんは上手さあ」

そんな褒め言葉もすっかり聞きなれたものと会釈した佳絵は、船路の間ずっと唄っていた。しかし佳絵の心は浮かなかった。昨日、石垣島の三線の師範から稽古《けいこ》をつけてもらった。師範は終始相好を崩さず、佳絵に何も注文をつけることはなかった。それどころか、

「今年は最高賞に挑戦してみなさい。きっと良い結果が得られるじゃろう」とお墨付きまで得てしまった。だが佳絵は唄うことに行き詰まりを感じていた。生まれながらの美声はある。三線の技術もある。稽古に懸ける情熱もある。しかし何かが足りないのだ。その欠落を探して早三年、唄を捨てようかという瀬戸際に立たされていた。

——私は心から唄っていない。

今弾いている『鳩間ブナビトゥユンタ』は古典の名曲とされている。佳絵の唄は何百年もの間、島の名人たちが唄い継いできた技巧をそのまま真似たにすぎない。褒められるのは当然のことだ。だが、彼女は今の気持ちを唄で発露したかった。このことを師範に問うたことがある。しかし答えはにべもないものだった。

「人生の中で唄と出会うことじゃ」と。

こういう抽象的な禅問答を佳絵は好まなかった。あるのは練習、練習、練習。祝いの場には率先して三線を弾き、ライブで稼いだ金を全額つぎ込んで竹富島に渡り、古老の許しがなければ表舞台で唄うことを許されないという難曲を弾く権利をも取りつけた。実際、八重山諸島の若手民謡歌手で佳絵より巧い者は存在しないと断言してもよかったほどだ。来年には那覇《なは》のライブハウスで本格的に唄ってほしいとの誘いもある。

しかしいつからだろうか。佳絵は唄うたびに自分が擦り減っていくような感覚に苛《さいな》まれるようになった。かといって唄うことをやめたら、自死よりも惨めな人生だ。

──私は唄いたい。唄いたいのに、唄ってない。

波に揺られた船では、ちょっとした弾き語り会のように佳絵の周りを客が囲んでいた。

道ひとつなかった航路の先に鳩間島の島影が現れた。離島の子どもたちを引き連れた八重山諸島の中でも鳩間島は一回りも二回りも小さい。人口も数十人と極端に少ない。しかし島が生み出す謡の数は多い。名曲は鳩間島にあり、と一目置かれる島である。

何が取り立てて鳩間島の名を高めているのか、誰も知らない。人はあの島の風土が謡を生み出すのだと噂するだけだ。

小さな桟橋に着いた船は、観光客の数も他の島に比べてずっと控え目だ。目の前に迫る西表島のような雄大な自然景観もなく、竹富島のようなテーマパーク性もない。波照間島のような秘境感もない。無為自然を愛する一部の離島好きにはたまらないだけかもしれない。

——こんなの唄じゃない！

拍手を浴びながら船を降りた佳絵は、生まれ島に戻ってきた。鳩間島にいたのは中学までだ。高校のない島は、若者たちは自動的に出ていくことになる。島を出てからは一度も帰りたいと思ったことはないし、同級生がいるわけでもないのに、今朝思い立って船に飛び乗った。いつもの癖で三線を傍にしていたが、こいつのせいで唄ってしまう羽目になったのだから恨めしい。

三線をケースに戻していると、見慣れない観光客の男が声をかけてきた。

「きみは三線が弾けるの？」

細身の男はいかにもバンドをやってますという雰囲気で、見た目でボーカルに選ばれるタイプだった。むしろボーカルじゃなかったら、そのバンドは番手を間違えたせいでお先真っ暗だ。

「下手の横好きってくらいかしら」

「ご謙遜《けんそん》を。その三線の柄は黒檀《こくたん》でしょ？」

見た目だけの男のくせに目利きとは面白くない。確かに佳絵の三線は黒檀で誂《あつら》えた最高級品だ。趣味で楽しむ品じゃない。

「ちょっと弾いてくれないかい？」

「私を唄わせると高いわよ」

「下手の横好きなのに？」

普通ならカチンと来るはずなのに、佳絵は息を呑んだ。青年は見た目に似合わない哀しそうな瞳《ひとみ》をしていたからだ。三線を構えた佳絵は謡の続きを唄うことにした。

しぃとぅむでぃに起きやすり
あがりかい見やぎりば
うぶゆらぎぃぬ　ゆらりぃんどぅ

桟橋のベンチに腰掛けた佳絵は、違和感を覚えていた。船路ではさっぱり気持ちが乗らなかったのに、今は指揮者を前にした演者のような感覚だ。なぜかは知らないが音符の道が見える気がする。

「早起きして、薪を取りに行った。東の海を見たら、流木が浮かんでいた——。そういう意味だね」

「方言がわかるの？」

「ちょっとだけ。むかし教えてくれた子がいたんだ」

「あなた見た目からしてナイチャーなんだけど?」

「そうだよ。ぼくはナイチャーさ」

「島ナイチャーとか?」

「ううん。本物のナイチャー。仙台から来たんだよ」

鳩間島の航路は一日一往復だ。佳絵が乗ってきた船が十分の停泊でそのまま帰路になる。青年は昨日鳩間島に泊まって、これから帰るところだった。青年が持つトートバッグひとつで旅をするような島とは思えない。

「この島に何しに来たの? 何もないでしょう、こんなところ」

「ぼくには、宝島だったんだよ……」

青年は十年前にこの島に遊びに来て、島の子と仲良くなったと言った。その時にまた会う約束で宝物をある場所に埋めたという。その宝物を昨日一日中探したのだけど、ついに見つからなかった、と言った。

「確かに西表島とバラス島を正面にした浜辺に埋めたんだけどな……」

バラス島とは西表島と鳩間島の間にある珊瑚《さんご》の欠片《かけら》でできた純白の島のことだ。あまりにも小さい上に人が住めないので地図には載っていないが、コバルトブルーの海との対比で目立つことこの上ない。

離島桟橋で船長が出航を告げる。

「石垣港行き、間もなく出発いたします」

シュノーケリングの荷物を持った観光客のグループが次々と船に乗っていく。青年もまた置いていたトートバッグを肩にかけた。

「約束したんだよな。必ず十年後ここで会おうって。そんな約束覚えているわけないのにな。俺も夢を見すぎだよなあ」

青年は自嘲《じちょう》気味に笑って船に乗った。

石垣島に向けて船が離れていく。佳絵は胸をかきたてられて船を追いかけた。今、佳絵の記憶は猛烈な勢いで手繰り寄せられている。十年前、夢のような出来事があった気がする。

「あなたはもしかして――？」

細身のシルエットだけがようやくわかる距離まで船が離れていったとき、佳絵の記憶が蘇《よみがえ》った。青年が遠くから一度だけ手を振ったのが見えた。

「タニガワ、谷川くん？」

船は真っ白な波轍《なみわだち》をつけてスロットルをあげた。エンジン音にかき消された佳絵の声はもう届かない。

十年前、佳絵は父親の三線を持ち出して浜辺で密《ひそ》かに弾いていた。与えられた子ども用の三線には目もくれず、本物の響きを求めてのことだった。あれは小学校三年生の夏休みだった。浜辺で『鳩間ブナビトゥユンタ』を練習する佳絵は鳩間島に遊びに来た少年と出会った。

谷川は出会い頭の佳絵にこう言った。

「それ何語？」

「島の言葉よ。ブナビトゥという島の女の人の一生を謡った歌」

女子が本格派の三線弾きを目指しているなんて当時の佳絵は恥ずかしくて言えなかった。同級生の男の子から冷やかしを受けるのが嫌だった佳絵は、誰も来ない浜辺を練習場所にした。だけど意外にも谷川は、そんな佳絵を受け入れてくれた。

「ぼくも三線がほしかったのに、買ってもらえなかった」

「じゃあ弾いてみる？」

と三線を谷川に渡してツンダミ（調律）の仕方から教えてやったものだ。谷川の指はぎこちなかったが初めて触れる楽器に興奮している様子が受け取れた。

「三線って意外と難しいんだね。もっと簡単かと思ってたよ」

「難しいことを簡単そうに見せるのがプロなのよ」

と軽口を叩《たた》くのも楽しく、その日は一日中ずっと二人で三線と格闘した。やがて日が沈みかけ、谷川は民宿に戻ると言った。島の客のほとんどが一日だけ訪れて次の日には帰っていく。そんなサイクルに慣れていた佳絵は不思議と寂しさを覚えなかった。

「またいつかここで会おう」

これまでに知り合った子はみんなそう言って去っていった。今まで何十人の一日だけの友達を見つけ、約束したことだろう。佳絵もいちいち覚えていなかったし、それが特別不義理を働いたこととは思えない。またも、いつかも、この島には来ないからだ。

谷川は夕日を受けて赤く染まったバラス島を指差した。

「ここに宝物を埋めよう。十年後、大人になったら掘り返そう。二人だけの秘密だ」

そんな約束を思い出した佳絵は谷川の乗る船を追いかけて浜を走り出した。船首を仰《の》け反らせて遠ざかっていく高速船に届くように大声を張り上げた。

「谷川くん。谷川くん。私みんな思い出したわ。あなたが励ましてくれたから三線を続けた。ずっとあなたに聞いてほしかった」

水平線上の点になった船は一瞬、太陽の光を浴びて輝き、流星のように消えていった。

浜辺で息をあげた佳絵は膝《ひざ》から崩れ落ちてしまった。

「谷川くん、違うのよ……」

しばらくして立ち上がった佳絵は、バラス島を見据えた。

「あの島は少しずつ動いているの……」

バラス島は珊瑚の死骸《しがい》が海流によって漂着した砂洲《さす》のような島で、台風や潮の影響で絶えず位置を変えている。十年前に見たバラス島は現在よりも三十メートルほど東に移動していた。

「私たちが埋めた宝物はここ！」

島の子は太陽の沈む場所で位置を定める。十年前、太陽は西表島のニシ崎の東十度に沈んだ。その記憶が正しければ佳絵の足元である。

キャンディの箱にふたりで宝物を入れたのは覚えているが、中身のことまで覚えていない。谷川が何を入れたのかさえ見ていなかった気がする。

腕の深さほど砂を掘ったところで固い金属に爪が当たった。当時の自分たちでは相当深く掘った穴だった。錆《さび》で塗装の剝《は》げたキャンディの箱は十年前の甘酸っぱい味を蘇らせてくれた。

中に入っていたのは当時失くしたと思っていた輪ゴムの髪留めと、水牛の角できた三線の爪だった。きっと三線の代わりに買って貰《もら》ったものだろう。

「こんな本格的なものを持っていたんだ」

黒く光った三線の爪は谷川の音楽への情熱の片鱗《へんりん》を宿していた。彼は本気で三線を弾きたかったのだ。

「谷川くん、忘れてしまってごめんなさい……」

水牛の角で奏でた三線の音色は、八重山の即興歌である『トゥバラーマ節』だ。

ふたいらまーぎぃぬ　一枚ナラバ
川原ぬ水ぬ引きし　はらば
ンゾーシヌ　トゥバラーマヨウ
(二つの睫毛《まつげ》を閉じて眠ったら
道行く人もいなくなったら会いに来て
愛《いと》しい貴方《あなた》)

佳絵は渇《か》れていた心に潤いを沁《し》み渡らせた。自分はやっと唄《うた》と出会えた。もう離さない。この水牛の角と共に唄っていく。

鳩間島は唄の生まれる島である。

本書は、二〇一一年三月にポプラ社より刊行された単行本『統ばる島』を文庫化したものです。

地図デザイン　外立泰介

統《す》ばる島《しま》

池《いけ》上《がみ》永《えい》一《いち》

平成27年 5月25日　初版発行

発行者●郡司 聡

発行●株式会社KADOKAWA
〒102-8177　東京都千代田区富士見2-13-3
電話 03-3238-8521（カスタマーサポート）
http://www.kadokawa.co.jp/

角川文庫 19177

印刷所●旭印刷株式会社　製本所●株式会社ビルディング・ブックセンター

表紙画●和田三造

ISBN978-4-04-102990-9　C0193